JN217217

孤独をたのしむ本

100のわたしの方法

SETSUKO TAMURA
田村セツコ

興陽館

孤独をたのしむ本

１００のわたしの方法

OK!
わたしが
わたしを
きたえています。

誰でも孤独な時間がますます増えてきます。
人生は有限で、誰でもいつか必らず最後がやってきます。
わたしはそのことを、愛する家族や友人たちの最後から
知りました。
でも、だからこそ、今この時間をいとおしみ明るくキラキラと
過ごしたい。
「孤独をたのしむ」ことができれば人生はますます輝いてくると
思うからです

Believe

はじめに　――これがわたしの「孤独のたのしみかた」

❖　なぜ孤独は怖いの

みんなひとりぽっちになることにとても不安になっている。
それは年を取っても若くても同じことです。
年齢にかかわらず、孤独くらい身に染みて寂しいものはありません。
若いときには青春の孤独が、年を取れば老年の孤独があります。
若い人は自分ひとりが疎外されるのが怖いという気持ちが強い。

みんなが連絡を取りあっているのに自分だけ無視されたくない。みんなでひそひそ笑っているのにかやの外にいると心がざわつきます。「空気を読む」なんて言葉が流行ったりするのも、自分ひとりが孤独になってしまう怖れの裏返しなのですよね。

年を取ってからの孤独は、ますます切実です。お友達や家族といった大切な人がひとりずつ自分の周りからいなくなっていく。疎遠になったり、永遠の別れがあったり、ひとりで過ごす時間がどうしても増えていきます。

結婚していても、していなくても、家族がいても、いなくても同じこと。人は「最後はひとり」になっていくからです。

✧ 孤独は人生のテーマ

わたしは昔、映画雑誌で人物インタビューを読むのが好きでした。

女優とか作家、例えばフランソワーズ・サガンは、インタビューで必ず「作品のテーマは孤独です」って言っていました。

ほかの有名女優のインタビューを読んでいても、「あなたの一番関心のあるものは?」っていう質問への答えは、やっぱり「孤独」でした。

「孤独との闘いです」と答えている女優もいました。

「どんなに人気があっても孤独から逃れられない」と答えている女優もいました。

わたしは、若かったころ、「なんでみんな、孤独、孤独って言うのかしら」って不思議に思っていました。

だけど大人になったら、「ああ、なるほど、これか」と身に染みてわかるようになりました。

次第に「孤独」に直面することが増えてきたからです。

逃げても逃げてもぴたりと付いてくる孤独というもの。「孤独嫌いの孤独好き」。そうです。孤独を好きになりたのしむことはできるのでしょうか。

この年になると孤独との上手な付き合い方が……。

父も母も妹も逝ってしまって、ひとりになる人生はさあ、これからどうなるのでしょう?

独居老人の自由

独居老人という言葉があります。

わたしも独居老人のひとりらしいです。

80歳のこの年でひとり暮らしなんて、さぞ寂しいでしょう、そう言う人もいますけど。

独居老人なんてお愛想なしの言葉にメゲてはいられません。「あたし、たのしもうとかたく決心すれば、どんなことでもたのしめる性格なんです」とやせっぽちのみなしごの赤毛のアンも言っています。

ひとり暮らしってことはなんでもひとりでたのしめることなんですよね。自分の時間を自分で自由に描いている。

わたしは子供のころから白い紙に絵を描けばそれが幸せだったので、ひとり遊びはお手のものかもしれません。

体が健康であれば、どこへでも行けますし。

✧ ひとりをたのしむ100の方法

ひとりで散歩したり、ひとりでご飯を食べたり、ひとりでイラストを描いたり、ひとりで本を読んだり、こんなひとりの時間をわたしはたのしみたいと思います。

孤独の時間を上手にたのしく使えば「充実した毎日」にもなります。

たのしいと思えばなんでもたのしくなりそう。

「お掃除でもお料理でも、頭と体のトレーニングだ」って自分に言い聞かせれば、たのしいですよね。

どんな小さなことでも工夫次第でどんどん充実していくみたい。

そんなふうに、年齢に関わりなく、人生にとって「孤独」はいつでも大きな問題なので、上手に軽やかに向き合っていきたいものですよね。

この本はそんな「孤独をたのしむ本」です。

新しく書き下ろした文章やこれまでに書いてきた文章などなど、わたしがひとりの時間に感じてきたことをまとめてみました。

それを100個。

どこでも開いたページを読んでみて、あなたが「OK」と思えるページがひとつでもあったら、ちょっとでもお役に立てたら嬉しいです。

そして本文中には「ノートインブック」を収録させていただきました。

あなただけのひとりごとを書いてみてください。

毎日のひとつひとつはちょっとした小さなことばかりです。

小さなことが積み重なって、充実した幸せにつながっていくのじゃないかと思います。

どこでも好きなページを開いてみて下さいね!!

孤独をたのしむ本 100のわたしの方法／目次

loneliness

1　だから孤独はたのしい

001 ひとりずつ挨拶をする

わたしのキッチンには、亡くなった家族や仲良しだったお友達の名前が飾ってあります。たぶん30人くらいはいます。

その名前に向かって、毎朝「おはようございます」って挨拶《あいさつ》をしているんです。

まず父と母と妹と、亡き恩師や友人たちの写真に向かって挨拶をします。

「おはようございます」

そこに身体《からだ》はないけれど、わたしの心にはまだまだ彼らの余韻《よいん》がたくさん残っています。思い出までは遠くなく、もっと近くにある余韻。美味《おい》しいケーキを食べれば、「これ、好きだったわね」と妹の写真に向かって話しかけます。

そんな優《やさ》しい余韻に包まれていると、まるで自分がひとりじゃないような気がしてきます。


そんなことを始めて、もう20年くらいになります。

最初は、父、母、妹だけでした。「お父さん、お母さん、ヒロコ」って。

それから「なにちゃん、なにちゃん」って知り合いを加えて。

そこに、お世話になった中学の先生も、例えば大好きだった絵の先生や英語の先生も入れたから、どんどん増えていった。

ひとりずつみんなに挨拶していくと、まるでみんなが生きているみたいに思えて、こっちまで嬉しくなって微笑んでしまいます。

002

自分らしく心地よく生きる

お気に入りのスカートをひらひらさせながら、長く暮らしている原宿の街を闊歩しています。原宿という街のせいもあってか、「派手なおばあさん」と視線を向ける人はほとんどいません。別に変だと思われても気にしない。だって、年をとるのは当たり前のことだし、おばあさんだからといって、地味な洋服を着なければいけないという決まりもないでしょう。

世間の目なんかあまり気にしないで、自分が心地よいように生きる。それがおばあさんに与えられた特権です。

今はみんなが、若くありたいとばかり望んでいるように見えます。とくに、年寄りと言うにはまだ早いけど、もう若くはないという世代の女性たち。やれコラーゲンだのなんだのと、一生懸命にアンチエイジングに励んでいます。中途半端な年齢の中で右往左往しているんですね。若いほうがいいに決まっている。本当にそうかしら？

若さと幸せは比例するのでしょうか。わたしはそうは思いません。

自分が若かったころを振り返ってみると、はたして幸せだったのだろうか。大きいものから小さいものまで、もう悩み満載です。年上の人からすれば、まだ若くていいわねと言われるけど、本人は幸せをつかみ損ねた子羊のように迷っている。そんな若い女性はたくさんいます。

だから、若さイコール幸せ、年を取ることイコール不幸せという錯覚を早く取り除くこと。姿の若さよりも、内面的な充実に目を向けること。

この充実感というのは、コラーゲンみたいに外から注入はできません。自分自身が生活の中から会得していくしかないのでは？

003

人生に一番大切なのは「孤独」

「人間は生きてるだけで芸術家」という言葉がありますよね。

人間は自分の人生という作品の作者であり、モデルでもあるわけです。

若い人たちも、おじいさんも、おばあさんも、人生を作品として作っていきます。芸術家ということは、アーティストですよね。アーティストにとって一番大切なものは孤独だと思います。

つまりロンリネス。

作品を作るための養分ですよね。

孤独がないと、人に頼ったり、誰かとつるんでワイワイおしゃべりして、結局なんにもできないものなんですよ。

だから、孤独を大切な自分の宝物と捉えること。わたしはそういうふうに思っています。

みんな、孤独を避けよう避けようと思っていますよね。わたしも「孤独って嫌だな」って思うときもあるけれど、「おかげさまで強くなれる」と考えたらどうでしょう。

孤独も使いようです。

孤独じゃないと、何かに甘えて迷惑をかけちゃうみたいな感じがあります。

004

ひとりで立つ――スタンド・アローン

人から嫌われず、迷惑をかけない老人になるにはどうしたらいいか？

それはもう、〝スタンド・アローン〟ですね。何かに依存しないで、ひとりで立っていられることです。

自分で自分を幸せにする技を身につけて、なんとかしてひとりで立っていられるようなセンスが必要だと思います。

どうしてかと言うと、それができないと、人に甘えたりするからです。

それと、不幸になったときに、つい人のせいにしてしまう。

「誰が悪い、何が悪い」「何々のおかげで、わたしはこんなふうになっちゃった」って誰かを責めてしまう…。

それが最後には「社会が悪い、政治が悪い」ってなってしまいます。

そうならないためにも心の中で「スダンド・アローン」するのです。

コーチとかサポーター、アドバイザーを自分の中に作って、自分を飼育して育てないとだめみたい。自分をコントロールして、ペットのように可愛がって育てるのです。

だけどそのことは人に知らせないで、あくまで秘密にしておきましょう。

スタンド・アローンでいれば、落ち着いて微笑むことができるでしょう。

005

本は孤独な時間の強い味方

本には手ざわり感があります。

若い子たちは今、ネットやＳＮＳをやっていることが多いようですが、反面、本も好きみたいですね。そして「好きな本はハグしたくなる」そうです。

ネットはハグしないんですよ。冷たいんです。

でも本のページは紙なので、いつでもハグできるのです。

大好きな本と一緒にいられる。それって、力強い味方だと思いませんか？

いつか旅行したとき、飛行機の中で、お気に入りのページを閉じたあと、そっと表紙をなでている人を見たことがあります。

本棚の中から「キミはひとりぽっちじゃないよ」とささやきが聞こえます。本の中にはお友達がぎっしり住んでいますから。物語の中に、本のページの中に。

わたしは、本の中の友人に助けて貰うことが多かったです。

本の中のお友達のサンプル。

トムソーヤ、赤毛のアン、長靴下のピッピ。子供向けでも、みんな大人の作者の渾身の作で只者じゃありません。

現実のお友達を無理やり探さなくたって、本棚の中にお友達はたくさんいます。現実の友達100人より、本棚のお気に入りのひとりを見つけるほうがたのしいのです。

006

孤独を消せるのは もうひとりの自分

ひとりでいると、街が賑わいだした年末年始なんかちょっと寂しいなって思います。

けれど、ひとり暮らしが寂しいって言うと、あまりにもありふれた感想ですよね。なんだか当たり前すぎますよね。こんなときこそ、もうひとりの自分を育てたいです。

トレーナーみたいな、アドバイザーみたいな、サポーターみたいな、あなたにもうひとりの自分がいるということにするわけです。情緒に溺れない、かっこいい人物がいて、その人があなたにアドバイスしてくれるんです。

ちなみにひとりぼっちで年末年始を迎えるのが憂鬱だと思ったら、そのサポーターが、「何言ってるんですか。そんな人は東京に数え切れないほどたくさんいるし、世界にはもっとたくさんいますよ。そして、みーんな寂しいなんてことを考えてるんです。あなた、そのひとりでいいんですかー？」みたいにアドバイスをくれるんです。

アドバイザーのようなもうひとりの自分を育てるということです。

自分が例えばセンチメンタルになったとか、情緒的になったとかしたら、かっこいいハードボイルドな人がいろいろアドバイスしてくれたらと考えると、ちょっと心強く、たのしくなります。

loneliness

2 孤独には効用がある

007

孤独は自分を強くするギフト

もしあなたが仲間はずれにされてひとりぽっちになってしまったら、きっと不安で寂しいと思います。

それはこの人生で誰もが一度は経験するものかも。

学校、会社、地域の集まり、たくさんの人間関係の中でわたしたちは生きています。それぞれがストレスもあるし、好き嫌いもあります。

仲間はずれにされたり、ほかの人のストレス解消になってしまうこともあるでしょう。いじめられたり嫌われたりすることもあるかもしれません。

そんなときは、「強くなるチャンスを神様に与えられたんだ。わたしはこの経験を通して強くなってみせる」って自分で言うのです。

孤独でいることを自分を強くするためのギフトだと思えばいいんですよ。

自分を実験材料としてクールに観察するのです。

「あら、ひとりぽっちになったらわたしってこういう気持ちになるのね、へー」みたいな。

新しい自分を発見するわけです。

「孤独を愛することができたら、その人は金鉱を掘り当てたようなものだ」という言葉があるくらいですから。

008

老いも孤独も受け入れる

父の介護をしていたころの話です。

父の主治医が検査の数値を説明しながら、「このお年で異常がないということはないですからね」とおっしゃったのが、ケアのヒントになりました。現状を受け入れられるようになり、気持ちが楽になって、どんな結果が出ても一喜一憂しなくなりました。

「お元気なときと比べないでくださいね。今のお父さまを見てくださいね」。

なんてありがたいヒントとなるお言葉でしょう。

そのときはそのときで素敵、今は今で、これが自然なんだってことですね。

昨日までできていたことができないことや痛いところが増えるおばあさんの暮らしは毎日が冒険のようだけれど、むやみに心配したりする時間がもったいない。体の調子が毎日違うことも受け入れて暮らしていたいですね。

そのとき食べたいものを作って、ワインを飲みながらひとりぽっちでくつろぐディナータイムはなんて素敵なんでしょう。

せっかく生きているのですからたのしむほうがずっといい！

人生は、考え方次第でどんな色にも輝くものですよね。

009 今が「人生ピークのとき」

シャンソンに〝風のように気ままに〟とか、〝それが人生〟とか達観したフレーズがあります。

それを日常に取り入れて自分の生活を考えてみると、人生のピークは過ぎ去ったのではなくて、今ここにあるように思えてきます。

自分をシャンソンの歌詞のように考えたり、ヒロインのように考えたりすると、たとえ孤独でもおしゃれ感が生まれます。

客観的に別人をながめる気分ですね。

♡どんな
思い出も
シャンソンの
歌詞のように
味わって・・・

010

取り乱してやわらかく生きる

普段の生き方も、かっこよさにこだわらないで、もっとやわらかく生きていきたいなって思っています。老後の問題とか、更年期障害とか、話題がいっぱいあります。人生設計をきちんとたてて、かっこよく老いるというのがテーマの人もいるけど、わたしは、「歯ぐきがどうとか」「お腹がどうとか」と汗だくになって取り乱しながら……。そんな生き方もみっともなくないんじゃないかと、自分に正直に生々しく生きていければいいなあって思います。

あるがままを受け入れて、全部自分の頭で考えて、知ったかぶりして過ごさないようにしようって。

2
孤独には効用がある

011

お気に入りのフレーズを貼り紙にしてみる

孤独な独居老人のわたしが心がけていることがあります。

それは人生を前向きに考えるということ。

「楽天的に、ポジティブに」って言っても、一朝一夕にはできないと思います。

長い時間をかけて、自分で自分を作ってきたわけですし。

怒りっぽい人は、自分をだんだん怒りっぽくしちゃったわけですよね。

何か発想の転換って言うか、そういうことが必要ですよね。

今東光さんの言葉だったかしら、「人生は冥途に行くまでの暇つぶし」、みたいなのがあったと思います。

なぜだかわからないけれど、たしかに日によっては、「ああ、冥途に行くまでの暇つぶしかー」なんて、すっかり呑気な気持ちになって、楽になるときもあります。

だから、何かお気に入りのフレーズを見つけて、毎日言ってみるといいかもしれません。

わたしはキッチンにいろいろ貼り紙をしてますが、その中に、この「人生は冥途に行くまでの暇つぶし」ってメモも仲間入り。

目に見えるようにしています。

012

お気に入りのいい言葉をポケットに

いい言葉って世の中にたくさんありますよね。
その時々の自分を勇気づける言葉。
言葉にはすごい力がある、いい言葉はいい人生を創るんだと実感しています。
ひとりぼっちの孤独な時間、言葉は誰よりもあなたの味方になってくれます。
わたしはそんないい言葉を単語帳に書いて自分のポケットに入れています。
外出するときもいつもいい言葉をポケットにしまっています。
そしてときどき取り出して読んでいます。
トイレに名言を貼っていて読んでいる方も多いと思いますし、それもいいですが、単語帳に書いて持ち歩いていればいつでも取り出して読むことができます。

今ならツイッターやスマホで名言をいつでも読むことができる。

いい言葉を肌身離さず、必要なときにいつでも取り出せるって素敵だと思いませんか。

013 ✳ 心には「2人のマリーちゃん」がいる

アランの『幸福論』の中に出てくる2人のマリーちゃん。悲しいマリーと嬉しいマリー。

悲しいマリーは、何を見ても悲しくてしょうがない。「はあ」ってため息をついている。嬉しいマリーは、もう身の回りのことが嬉しくて嬉しくてしょうがない。

これは同じ子なの。あるときはものすごく悲しい。そのままずっと悲しいかと思ったら、しばらくすると嬉しいマリーになる。

これは、血流か何かの体の流れの問題で、バイブレーションだから、それに影響を受けて一喜一憂しない、ということです。

悲しいときも嬉しいときも、両方とも素直に受け止める。そうすると、代わりばんこになって、それが生きるってことなんですね。

014

心に旅をさせる

考え方など、一か所にとどまっていないで、心に旅をさせることが、すがすがしく生きることにつながると思います。

一か所に執着しない。スルーする、流す、みたいなことがうまくできないと、結構しんどいものです。

心配事にじっと付き合っていると、自転車がよろよろと溝に落っこちるように、そちらの方向に進んで行ってしまいます。

だから、頭と心にサーッと風を入れると言うのでしょうか。気分転換が必要ということでしょうね。

2

孤独には効用がある

015 ※ 本はゆるく読む

外山滋比古先生が、本の読み方について「風のように読んで、風のように考える」と仰っていて、ほっとしました。

「風のように読んで、風のように考える」。聞いただけでいい気持ち。

1行1行、すごく緊張して読まなくても、パラリコパラリコ読んで、ぱっと心に入ってくるところがあったら、そこに栞でも挟む。

だから、1行も見落とすまいと、きっちり読んだりしなくてもいいんじゃないでしょうか。

とにかく、窮屈な考えというのがとても苦手。ゆるいのが好きなんです。

Good Morning!
HAPPY
SETSUKO

016

ゆるく考える

あるお母さんが、「わたしは馬鹿なお母さんだったわ」って言ってました。何十年も前に、普段はとてもいい子ちゃんだった息子が、グズグズ文句を言ったんですって。そのときは、「なんでこんなに言うことを聞かないの？」って叱ってしまったそうです。

だけど、何十年も経って、「ああ、あれは、ソックスのゴムがきつかったんだ」って気がついたんですって。

そのお母さんは、今はもう70代のひとり暮らしのおばあさんです。

そのおばあさんが、スーパーかどこかで、新しいソックスをはいたら、ゴムがとてもきついって気がついたのね。

それで、あのとき、あんなにいい子がグズグズして、何も言うことを聞かなかったのは、ソックスのゴムがきつかったんだって気がついたわけです。もう本当に、なんというお母さんの愛。

たしかに、身につけるものでもなんでも、窮屈っていうのはイライラさせるものです。

だから、考え方もちょっとゆるいほうがいいのかも。そこに辿り着くわけです。

きっちり真面目にキリキリと整えちゃうと窮屈になる。ソックスのゴムみたいに…。

017 ふーっと力を抜いて

紐がこんがらがったとき、肩に力を入れてほどこうとしても、どんどん締まっていくでしょ。

逆に、ふわー、ふわーっとやってみたら、意外とほぐれますよね。

心理学のお医者様の言葉。ふーっと力を抜いて受け止めれば解決するって。

緊張しちゃいけないってことですね。

Moderato
Frower Song
RA RA RI RA RI RU RI RI RI RI RA RU RU RU RI
RA RI RI RU RU RI RA RA RI RI RA RU RU RU RU
U RA RA RI RA RI RI RA RA RA RA RI
RA RA RI RU RA RI RI RA RA RU MU U U RI RI
RA RA RI RU U PA PA PA RA RA
RI RU U MU U U RA RI RI RU U
SETSUKO

loneliness
memo

3 孤独をたのしむ秘訣

018

孤独は自分のアンテナを磨く時間

孤独な時間をどう過ごすか。どよーんとして動かずに、じっとしていることもたまには大切だろうと思います。

だけど、どんなときも、この世には素晴らしいものが溢れています。

だから、それをキャッチするアンテナ、目に見えないアンテナを、曇らせないようにピカピカに磨いて、降り注いでくるものを受け止めましょう。

孤独はアンテナを磨く時間ですよ。

気分転換の方法はいろいろありますね。

旅に出る？　いいですね。

そんな時間のないときは、「動作を変える」だけでOK。
椅子に座っていたら、立って別のことをする。
立っているときは、椅子に腰かけてみる。
ほんのちょっとのこと。
ドアを一歩出たら、もうそこは「旅の始まり」ということも。

019

わからないことを大切にする

何かがわかるってことは、かえって何かを失うという説があります。わからないことはわからない。そういったことを大切にするのもいいのではないでしょうか。

人付き合いにしても、その人のことがあまりわからなくても、いいとこ取りにしたらどうかしら。変な人でもいいところがありますよね。

そこだけを見るわけです。

「なんだかよくわからない人」って言われたら、嬉しいですね。

「ひとことでは言えない人」と言われたら、最高の褒め言葉じゃないでしょうか。ちょっとミステリアス？

3

孤独をたのしむ秘訣

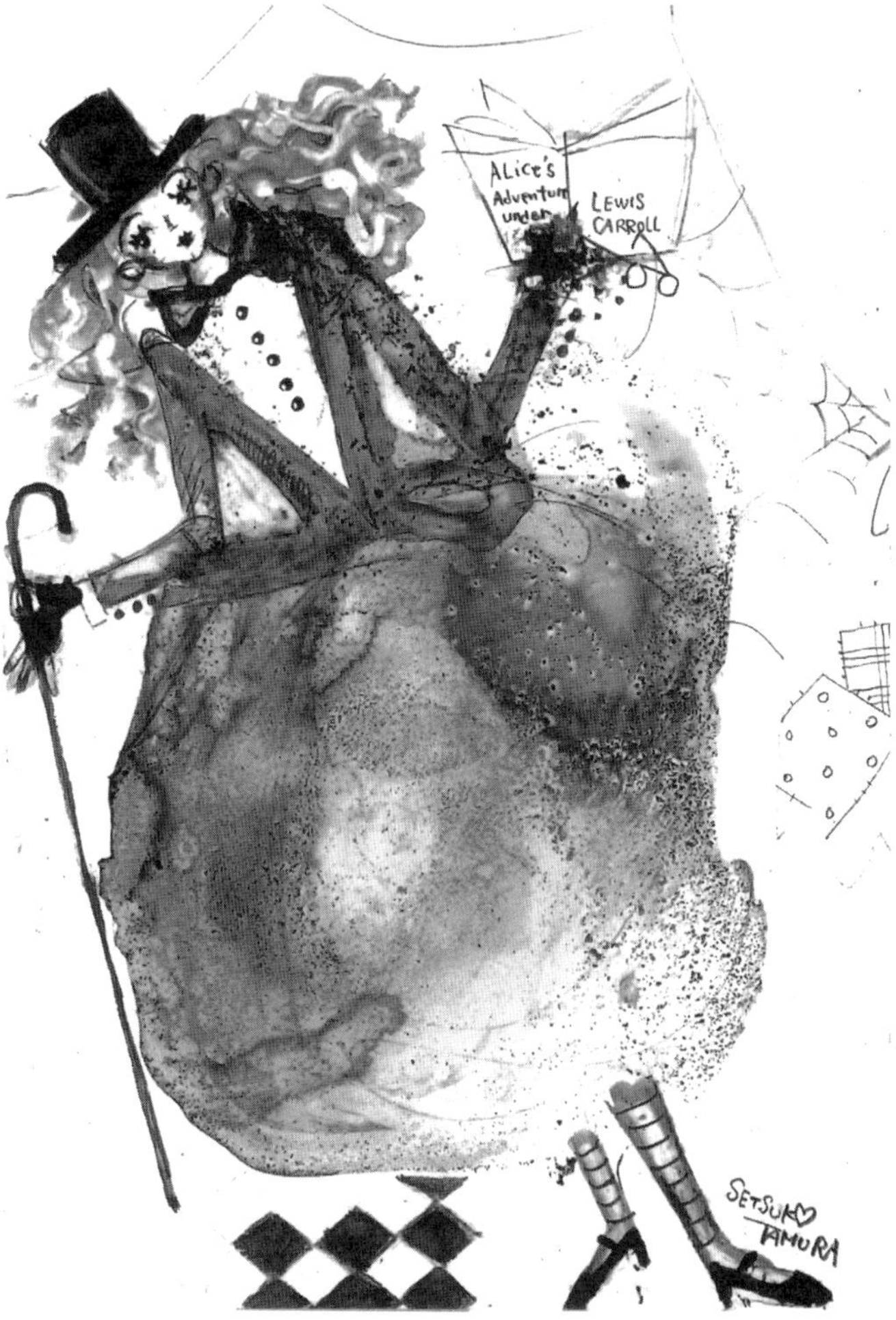

020 未完成をたのしむ

まじめな人は、やっぱり結果を求めたり完成を目指したりするけれども、現在進行形の未完成であるってことは、生きていることとそのものだと思います。

「完成を求めずに未完成を楽しむ」と言うのでしょうか。未完成というのは、よくなる前触れなわけです。

でも、完成っていうのはストップした感じ。

開発途上だったなら、ＩＮＧがついている進行形ですよね。

それは素晴らしいことで、若いということです。いつも進行形でいるのは素晴らしいことだと思います。

昔、美術館で並んでいる中の、ある作品を前に猪熊弦一郎先生がひとこと、

「これは『どうです、うまいでしょう』と言っているような絵ですね」

謙虚に、ひたすらに、たどたどしくても。

そのとき、ひそかに思いました。

021

困ったときは脳が喜ぶ！

脳科学者の茂木健一郎さんが仰っていたのですが、困ったときこそ脳が「ああしよう、こうしよう」って対策を練って、活性化するらしいです。

困ったときに脳が活性化するなんて嬉しい！

わたしは、困っていることには事欠かないので。

これからは困ったときに、「うわー、脳が喜んでるわ。嬉しい嬉しい」って思うことにします。

3

孤独をたのしむ秘訣

022 人生は素直に喜んでエンジョイ

「生まれたってことが偶然だから」。

これ、外国の映画監督が言った言葉なんです。

人生は偶然のギフトだから、おおいにありがたがってたのしみなさいっていうような話なの。

わたしたちって、お父さんとお母さんの都合で生まれたわけですよね。

偶然いただいた人生なんですよ。嬉しいねって感じですよね。

だから難癖つけないで、人生は素直に喜んでエンジョイしなくちゃいけませんよね。ギフト、贈り物なんだから。

自分がくださいって言ったんじゃないのです。
もらったものだから「よかったね！」って感じですよ。
「嬉しい、ありがとう！」って生きてることに感謝しないとね。

023

「2つの言葉」は体と心にいい

もうずいぶん前の出来事になります。

わたしは母と妹の介護に、都合6年を費やしました。

でも、これはありがたいと思いました。チャンスをもらったって。

みんな「大変だ大変だ」って言うので、どのくらい大変かと思っていたけれど、そうでもなかった。専門のヘルパーさんが手伝ってくれますし、思ったよりも問題はありませんでした。

妹はだいぶ若いけれど、神経の疲れからかパーキンソン病になりました。

これは友人のアドバイスですが、介護をしているときは褒めてあげることがとてもよいそうです。

何か言ったら「さすが」。「元気でいいわね」と言われたら「おかげさまで」。

この2つでいいんです。

特に男性は、何も言わなくてもわかってるんだからいいんだって、親にはあまり言わないですよね。それに、身内だからなおさら「ありがとう」なんて言葉は、ちょっとテレくさい。

だから、相手が何か言ったら「さすがだねぇ」と耳もとで言ってほしいです。

褒められるのは嬉しいものです。

親って、意外と子供に褒められないもの。逆はあるけれど。

だから褒めると耳が赤くなって、目もキラキラ。

点滴よりも効きますよ。

024

ちっちゃなチャンスを大切にする

環境のせいにする癖ってありますよね。

だけど、幸せになるためには環境のせいにしないで、本人の工夫とか心がけとかで、どんな環境でも輝くことができると思います。

環境が勝手にキラキラ輝くわけではないのです。どんな環境でも、本人次第って考えると、わくわくしますね。

わたしの場合は、全然特別ではない平凡な庶民の育ちなわけです。

だけど、松本かつぢ先生にお葉書を出したことがきっかけで、おかげさまで今の仕事につくことができました。

だから、出会うチャンスっていうのが満ち溢れていたからではありませんでした。特に環境に恵まれていたとか、そういうご縁はなかったかなあと思います。

すごく平凡ですが、見つかったチャンスを、とてもありがたいと大切に思いながら生きてきた感じです。

025

わたしは幸せですと決める

幸せっていうのは、誰かに決めてもらうことじゃない。まあ、いつも人と比べて自分はどうなのかって思ったりしがちだけれど。

でもね、「わたしは幸せです」って、とりあえず決めてしまう。

そうすれば、誰も「えっ、嘘でしょ？」とは言わないので、安心して幸せになれますよ。

でも、「わたしは不幸です。わたしは孤独です」って決めたら、そのとおりになってしまいます。

「身寄りがなくて、もうすごく寂しい孤独の身なの」って言うと、そのとおりになるんです。

I am
very
happy

026

悲しみは自己中心だから

悲しいとか苦しいっていうのは、自分で自分に取り込んでそう言っているだけかもしれません。

ぴゅーんと俯瞰して世間を見ると、自分の悲しみなんか、ありふれた小さなものだってことがわかります。悲しみのるつぼの中に潜り込んでいるのは自己中ってことですよね。

世間を広く遠くまで見れば、自分の悩みなんか、小さくてありふれたものだってことに気がつくはずです。

3

孤独をたのしむ秘訣

Mister Sandman bring me a
dream please please
SETSUKO TAMURA

027 欠点をたのしむ

はっきり言って、欠点のない人は不気味です。

欠点のない人は、欠点を自分で見つけて、それを宝物のように大切にすべきではないでしょうか。

小説のヒロインたちだって、みんな欠点がある。欠点がないっていうのは退屈なこと。失敗のない人、欠点のない人って、退屈な人と言えるかもしれません。

「風と共に去りぬ」のスカーレットにしろ、いろんな名作のヒロインって、欠点があって、わがままだとかなんだとか、あとからいろいろと反省したりしてますよね。

だけど、欠点がなくて、すごく人格ができている完璧なヒロインって、あまりいないものです。もしそういう人が出てきたら、魅力に乏しいって言うか、心に引っかからないって言うか。

よく調べてみると、名作のヒロインは、みんな欠点を有効に使っているんですよね。じつは欠点と魅力はとなり合わせなんです。

自分の欠点に気がついたら内緒で自画自賛する。「わたしにはこういう欠点があるけれど、こういうところはなかなかいいわ」と自分で褒めてあげる。自分を救済してあげる。自分を作品として見ると、いろいろ身に起こるトピックはネタと言える。よいこともそうでないことも特ダネとして捉えると、わくわくしてきます。

「わたしの長所は自分の欠点を知ってること。わたしの欠点はわたしの長所を知ってること」。わたしが本日作った格言（?）。

028

逆境も冒険としてたのしむ

『不思議の国のアリス』はわたしの大のお気に入り。

この物語は世界中で大ヒットして、ずっと読まれ続けているでしょう？

わたしたちにとても参考になるのは、何か思いがけないことが目の前で起こっても、勇気を持って立ち向かうアリスの姿です。

わたしたちも、「わー、わたしってアリスみたい」って、「これはアリスがいろんな不思議なものに出会ったのとおんなじよ」って思う。

予期せぬ出来事が起きたときに、「ああ、これは冒険だ」って思えば、勇気が出てくる。これは本当。めげないで冒険と考えるといいですね。

アリスって、なんだかわからないけど好奇心いっぱいで、いけないものを飲んだり食べたりして、体がちっちゃくなったり、おっきくなったり、とんでもない目にあうわけです。

わけのわからないわがままな王女様とか、いろんな人に振り回されたりするけれど、その都度、生きて帰ってくるわけです。

それは、好奇心とか心のエネルギーが健全だからなんですね。

わたしもたとえ、髪が白くなっても、腰が曲がっても、老人ホームに入っても、毎日を「冒険」ととらえて、アリス気分で暮らしたいです。

029

わたしの電車のひそやかなたのしみ

現在住んでいるアパートを下見したとき、ベランダから電車が見える、という点がとても気に入りました。それで即、契約を決めたのでした。ひとり暮らしの日々に、〝ベランダから、電車を眺める〟という場面が加えられたのは、ひそかな喜びでした。

昔から、電車というものに興味がありました。乗客となるのも好きなら、外から眺めるのも好き。あの、たのもしい頑丈な、四角い箱に乗って、ゴーゴーと街から街へ。座ったまま走って行けたら快適。また、立って吊り革につかまって進んで行くのも素敵。

ベランダからは、車窓の人々がシルエットで見える距離なので、空いているのか混んでいるのかがはっきり見えます。

「あ、空いている」とか「うわー混んでる」と、見て思う。ただそれだけで、その電車と絆ができているように感じるのです。中では、居眠りをしている人、ずり落ちそうな眼鏡をかけて、六法全書を読んでいる老紳士。鞄の中から、小さな鏡をとり出して、おでこのニキビを見つめている女学生。新聞を屏風のように、キチンと折って読むサラリーマン氏。座席に座っている若者を、ニラんでいるようなお婆さんがいるのです。単語を覚えたり、アイディアを練ったりする人にとって、電車は〝動く書斎〟。わたしのように、人々の姿をまじまじと観察したり、目でデッサンする人には〝動くアトリエ〟〝動く仮眠室〟や〝動くコンサート〟などなど。

ところが最近、〝動く美容室〟が出現してびっくりしました。美しい娘さんがコンパクトをとり出し、堂々とマスカラを塗り出しはじめました。その真剣なまなざし。1本1本のまつ毛に全神経を集中してお口は半開き。囲りの人々のことは、一切眼中になさそうです。ところが別な日に、な、な、なんと、マニキュアを塗るギャルを発見。彼女は長い髪を片方に寄せて、首をかしげ、ていねいに、ていねいに爪にエナメルを塗っているのです。完全に、ひとりの世界に没入し、電車を個室として使い切っていたのでした。やれやれ。こうしたさまざまな人の体と心を乗せて四角い箱は、グングン進んで行きます。

見知らぬ他人同士が、同じ時刻に、同じ箱に乗って、同じ方向に走って行くということも、考えてみると不思議なめぐりあわせだと思えてきます。

ひと仕事終えて、電車に乗る時刻は、湯気の出そうなギューギュー詰めのラッシュアワー。駅のホームで三列に並んで、一斉にドーッと乗り込む瞬間は、いつも思わず、目をつむってしまいます。電車の中で読もう、と思って抱えていた本は、人波にもまれて、どこかに飛んで行きました。詰まるだけ詰められた人々は、ちょっと、何かの、びん詰めの食べ物を連想させます。

「まったく、往復だけで疲れちゃうよなー」。吊り革をギシギシさせて誰かが代表してボヤいています。皆同じ条件の中で、じっと我慢しているこの状態。人々は大きくゆれるたびに、見えない連帯感も生まれ、「お互いさま」という無言のいたわりも満ちてきます。

駅に放り出されてパッと解放されたとき、中の人々に思わず「お先に失礼します。お気をつけて」と声をかけそうになります。

ベランダで夜、樹々の中に消えて行く電車を見ると、胸がいっぱいになるのです。まるで窓の明かりがネックレスのように、きらめきながら連なって流れて行きます。

いつ見ても、ズキッと痛みをともなう美しさ。そのネックレスを、ダイヤモンドより、ずっと、ずっと美しく感じるのはやはり、この中のさまざまな人生がゆれている、という、まさに、息づく宝石だからではないでしょうか。

…どうか今夜も安らかに…Good night お疲れさまでした。

030 わたしの家庭教師

わたしには毎日朝夕来てくれる家庭教師がいるんです。雨の日も風の日も。はい。新聞です。ポストにポトンと音がすると、「はーい。お待ちしてました」と出迎えます。

新聞を、ガサゴソひろげるときのときめきは、なんとも言えません。よくもこんなに表も裏もびっしりと、記事を書いてくださるものと感激。常識のないわたしには、勉強になることばかり。

パッと見て、気になるところを読んで、あとはたたんでおいて、しばらくして用事を済ませたあとまたガサゴソ。見落とした記事をまたガサゴソと楽しみます。

031

テレビもラジオも「孤独の贅沢」

テレビもラジオも大好き。ひとり暮らしの素晴らしい友達です。

スイッチひとつで、四角い箱から、親切な人たちが次から次へと現れます。

部屋の空気がとたんにあたたかく動きはじめます。

現れる人々は、知らない人でも知ってる人みたいです。

しかも、チャンネルとかダイヤルで、別な人を呼び出すことも自由自在なので、女王様みたいに贅沢だと思います。

笑ったりびっくりしたり感動したり。

夜中も眠るのがもったいないくらいです。

3 孤独をたのしむ秘訣

032

図書館には沈黙の友がいっぱい

図書館に行くと本がいっぱい話しかけてくれる。

図書館って、黙っていなくてはいけない場所なんですよね。お喋りをしないでくださいってインフォメーションがそっと流れるんですね。知らない人とがとなり合って座って本を読んだり、作業をしたりノートをつけたり、もうみんな黙ってるんですよ。普通のカフェとか街中ではありえないくらい、みなさん黙ってるんです。

そうした静寂の環境に自分がいるととても幸せに感じる。

みんな黙ってるし、みんなひとりで寂しくもなくて一生懸命充実した勉強をしてると思うと、同じ孤独を共有してるみたいな、そこにいる誰もがひとりぼっちを共感しあう仲間っていう気がします。

みんな感じるだけ、ひとこともしゃべらない。

図書館はわたしの大好きな場所です。

loneliness

4 ひとり暮らしの味わい

033

毎日を同じように暮らす幸せ

毎日って、同じように繰り返されているように見えるけれど、内容はすごく違うので、日々変わっていきます。実際、どんどん変わってくる。体調とかも1日ごとに波がありますよね。

わたしは思います。

年を取るとつくづく感じます。

毎日同じように暮らせるってことは、幸せってこと。

ありがたいことなのです。

Drink me!
ALICE
SETSUKO TAMURA

034

かんたんオリジナルモップでお掃除する

独身女性の部屋というのは、キチンとしている人と、していない人の差は極端に大きいそうです。すっきり片づいていて、部屋の中はテーブルと椅子と観葉植物だけ、という暮らしにどれほど憧れても、わたしの部屋は、本や絵の具や写真や、わけのわからない材料がアッという間に繁殖して、どんどん、みるみる、細胞分裂をして倍増してくる困った部屋なのです。その間を、黒やグレーやブチの猫が飛び回るという悪夢のようなありさま。

机は3つあるのですが、ほとんど物が乗っていて、使えるスペースはわずか週刊誌大の空間ひとつがやっと。こんなことでどうする、打ち合せは喫茶店でごまかして、「お宅に伺います」と言われると、バネ仕掛けのように飛び上がり「と、とんでもない」と、あわてる自分が情けない。というわけで、一大決心をして、ブラックコーヒーで気持ちを高揚させ、ヘアバンドをきりりと、軍手まではめて、片づけ開始。ああその前に、整理整頓のコツについて、たしか本が買ってあった……というわけで、その手の本数冊をさがし出し、夕方まで読みふける。それで何もしないうちに疲れてしまいます。

そういえばあの、森茉莉さんのアパートもはた目にはずい分、散らかっていて、それをご自分の美意識でエンジョイし、味わい、〝贅沢貧乏〟と自画自賛しておられたとか。それにだいたいキチンと片づいた部屋なんて、写真取材用なんだから、普段はもっと散らかっているはず!? と落ちこぼれの自分の頭をなでてなぐさめたり…こんなわたしがじつは掃除魔だと言っても誰も信用してくれないでしょう。ところが、1日少なくとも3回は掃除しているのです。散らかっている部屋の掃除くらい技術を要するものはありません。

昔観たイタリア映画で、台所のテーブルの下を掃除してた女性。彼女はぬらしたタオルを棒の先にひっかけて誘導し、床を拭いていたのです。なんという、だらしのない、合理的なやり方なのでしょう。

この、決して上品と言えない方法は、わたしの記憶の中で、消えかかりながらも、虫の息で、出番を待っていたらしいのです。わたしはこの方法にヒントを得て、せまくて拭きにくい場所はタオルを棒の先で蛇行させ、また、山歩きで拾った細い竹棒十数本、これに、さまざまな物をくりつけ、オリジナルモップのバリエーションを創作いたしました。

ある物はスポンジ、ある物は布きれ、コットンやナプキン、ブラシや羽根もくくりつけました。混み入ったデザイン物のほこり、また棚の奥、物と物の間の汚れを発見するとワクワクするのです。

わたしの掃除現場を目撃した人はきっと、「何をやっているのだろう?」と、おどろき、そっと精神科医に耳うちするかもしれません。

昔、少女雑誌におしゃれページを連載していました。

「わたし、ずーっと愛読してましたわ」と言って下さるミセスたちにお逢いすると、「あのページの影響でわたし、今でも部屋のカーテンは季節ごとに替えていますの。よーく憶えてます、いつもチャーミングなあなたでいてネって」「そして、具体的な風を通して、いつもチャーミングなあなたでいてネって」「そして、具体的な片づけと、たのしい飾りつけのアイディア、そのあとに、『きっと、あたなもためしてみてネ』とリボンの女の子がウインクしてました」「おかげでわたしは今も部屋のおしゃれが大好きなんですのよ」と口々に言われ、「まあ、恐れ入ります」と答えながら、ひたいの汗をハンカチで押さえ、天をあおぐわたしです。

035

「屋根裏部屋の苦学生」する

わたしは昔から頼まれもしないことをするのが好きで、中学生くらいのときには宿題でもないのに、詩のような文章に絵を描いたものを束ねて、リボンで飾って作った文集のようなものを学校に提出したりしていました。

それから小さいころは「メモ魔」で、見聞きしたり読んだりして心に飛び込んできた言葉を手帳や単語帳などに書き留めてきました。

絵を描く仕事は、誰とも話さずひとりで部屋に閉じこもって机に向かうので、引きこもりのようになりがち。息がつまりそうになったとき助けてくれるのは、自分が収集したそれらの情報のカケラたちなんです。お気に入りの言葉でいっぱいになった手帳や単語帳を見ると、すぐに素敵な気持ちになれる、わたしの大切な宝物です！　昔の人は「一日一善」なんて四字熟語のキャッチフレーズを家に貼ったりするでしょう？　そういうのが大好きなんです。部屋のランプシェードや冷蔵庫のドアにペタペタ貼っています。

フランスに住んでいる友人が、フランスでは「出る杭は打たれる」ことは絶対にない、誰もが欲望に対して忠実で、やりたいことをやっているので、人の行為にも寛大、と言っていました。人生の実りのときこそ、その人らしさが輝くのですもの。思うように暮らしてもいいのではないでしょうか。

わたしが思う一番贅沢な暮らしは、「屋根裏部屋の苦学生」のイメージです。必要なものだけに囲まれる質素な生活が大好きなのです。

ゴージャスな暮らしって、なんか似合わないとわかっているのです。

「低く暮らし高く想う」。ああいう感じ。まあ、「高く想う」のほうはできていないけれど、憧れです。

だから、貧乏はわたしの場合は心地よいって言うか、おしゃれっていう感じです。趣味ということですね。

お金持ちになりたいとは思わない。

あまり日常生活に困らなければそれでいい。

コーヒーと本と鉛筆があればＯＫです。

4

ひとり暮らしの味わい

036

寂しさを解消する言葉

ひとりで寂しいと思うのを解消するにはどうしたらいいか？

それはもう、「寂しいな」って思えばいいんじゃないかしら。「寂しいな」って思うのはとっても自然なことで、当たり前のことですから。

「セラヴィ」。それが人生。当たり前。

当たり前で、あなたの感覚は正しいってことです。

しかも、そういう人はいっぱいいるってこと。

ということは平凡ってことです。だから、そういう気分に浸っていたかったら浸っていればいいのです。

ひとりぽっちを脱する方法っていうのは、人から教わることじゃないと思っています。

みんなそれぞれに方法があるわけです。10人いたら10通りの方法がある。そのためにひとりひとり個性があるんですね。

そこが生きている面白さ。死んだら、そういう工夫をしなくてもいいんですもの。

037

シンプルなことを考える

わたしはたまたま健康なんです。今も病院には行っていないし、検査とかもしてなくて生きている。

平凡なことだけれど、「病は気から」っていうのがいつも心の中にあって、気分をマイナーなほうに持っていかないように気をつけています。

くよくよ悩んだりしたら筋肉が縮こまって、リンパの流れが悪くなるらしいってことは、うすうす感じているのです。

それで、気分よく機嫌よく暮らすにはどうしたらいいかって、いつも思っています。

一番手っ取り早いのは、お坊さんみたいだけど、感謝の気持ちを持つことだと実感しています。素朴にそう思います。

わたしは絵を描くことが仕事なので、右手が元気であれば、ほかはある意味であまり気にしないって言うか、右手が動けば嬉しいなっていう気持ちがあります。あとは、足が前に進めば嬉しいとか。

そういう、すごくシンプルなことを考えているんです。

038

自分だけの居場所を作る

ひとり暮らしの部屋もひと工夫で見違えるようになります。キッチンの端っこに、小さくても自分のコーナーを作って、ちょっとメモ帳でも置いておけば素晴らしいですね。その場所が書斎みたいになります。うしろを向けば、料理のお鍋も見ることができて、最高ですね。お料理の味見をしたり、本を読んだり日記を書いたり、思索にふけったりするのは素敵です。

4
ひとり暮らしの味わい

039

街を喫茶店にする

ビル街のコンクリートの階段。そこに腰かけて、手紙を書いている外国人女性がいます。そばに、テイクアウトのコーヒーと、りんごを置いて。そこだけ、風が止まり、ふんわりと陽光がまゆのように彼女を包んでいます。

〝お菓子の好きなパリ娘、腰もかけずにムシャムシャと……〟という古い歌もありましたっけ。路上をまるで自分のもののように使う才能。どんなところにも、居心地のいい空間を見つけてしまう猫みたい。

日本人って潔癖症だから、汚れるとか言うけれど、フランスなんかだと、街中でも公園でも平気で座るようです。学生なども、そこでスケッチしたり落書きしたりしています。

「うちの近くにはシャレた喫茶店がなくて」なんて言ってないで、煙草の匂いより新鮮な春風の中でコーヒーを飲むのもいいな、と気づきました。

ひとり時間のたのしみ方のひとつ。

自分の庭のように公園を使うのもいいですね。

040

風邪薬もおしゃれに

ひとり暮らしをしていて病気になると不安ですよね。

風邪をひいて、のどがイガイガしたり肌がカサカサすると、すべてに消極的になり、気分は、冬眠のクマ。そんなときのおすすめがカミツレです。デイジーに似た小さな白い花で、香りはりんごのよう。ヨーロッパでは昔から〝植物のお医者さん〟と呼ばれて信用絶大。コレットの小説にも「叔父様は、カミツレ茶を所望された」と出てきます。この花の主成分であるアズレンが優れた抗炎症剤で、のどの荒れをなめらかにし、発汗を促し、安眠に誘い、心の荒れまで鎮めます。また、大匙1杯の花に熱湯をさし、その湯気を顔に当てれば、お肌はしっとりの簡単エステ。出がらしも、リンスにしたりお風呂にいれたり、最後まで使えます。

041

野良猫は人生の先生

誰もいない実家を訪れるくるみちゃんっていう野良猫がいます。

本当にその子は、どんな情況であっても、嵐の日でも、実家の庭に来るのです。いつもケロッとして生きていて、どこでどうやって餌を調達しているのか、毛皮の手入れはどうやっているのか、雨のときや雪のときは寒くないのか、と思ってしまいます。なんの説明もしないけど、ちゃんと凌いでいるんです。

わたしが行ったとき、姿が見えないと、どうしたんだろうって思っていると、ピョロッと現れて、まんまるお目目でペロッと舌なめずりをします。

くるみちゃんに会うと、まあなんという野生の知恵、どこでどうやって命をつないでいるのかと思ったりします。質問したことはないけれど、すごい先生だなあと尊敬しています。

でも、くるみちゃんをおうちに連れて帰りたいとは、1度も思ったことはないんです。それはとんでもないこと。

そういうことは人間のエゴかもしれません。

「会えるときに会う」というようにすると、すごくロマンチックなんですね。

loneliness
memo

5　ひとりの食事のたのしみ

042 ひとりで食べるのも平気

ものを食べるとき、ひとりで食べるくらい寂しいことはないって思う人もいるかもしれません。

例えば、会社勤めで、ほかのみんなは一緒にランチに行っているのに、自分は誘われない。これはとても寂しいし、つらいですよね。

でも、自分の中にアドバイザーやサポーターがいたとしたら、きっと「そんな人は世の中にいっぱいいますよ」って言うはずです。

俯瞰して見ると、もういろんなお店でひとりで食事をしているＯＬが見えます。主婦でも、家族がみんな学校とかに行っている間、ひとりで食事をしています。

じつはわたしもひとりの食事が大の苦手でした。ひとりでレストランに入るのも苦手でした。でも、だいぶ慣れました。それは、自分で料理を楽しむことができるようになってから、ＯＫになりました。料理は、じつは元気の素だと、わかったからです。

フランス語の「セラヴィ」ですね。これが人生。

あとは「ノンシャラン」ね。「気にしないわー」みたいなことです。

そう思って、その瞬間、ちょっと外国の人になって「ひとりでお食事なんて、やってられないわー」みたいな感じで肩をすくめて手を広げる、あのポーズですね。

043

ひとり暮らしの料理をたのしむ

ひとりで暮らしているとどんどん料理のレパートリーが広がっていきます。みなさまやってると思いますが、わたしは冷蔵庫とかにあるものを利用して、どんどん料理を発明しています。それって、人に出すわけじゃないのです。ひとり暮らしだから、あるものを使ってオリジナルでなんでも作ります。

何がスプーン1杯とか、レシピなんて見なくても、長年生きているからできるんだと思います。

お食事の会とかがあれば外に出るけれど、そして、近所にレストランとかカフェもいっぱいあるけれど、レストランで食事をすることはお付き合い程度。

キッチンは病院とか薬局だと言う人もいます。「ちょっとビタミンCが足りないわねー。じゃあ、お抹茶をかけてみましょうか」とか。

外山滋比古先生は、奥様の分もお料理され、脳トレと気分転換にお料理はとてもよいと仰ってます。

単なる趣味なのでそれほど節約を心がけていないけれど、結果的に節約になりますね。

044

ミニフライパンの活用術

ひとり暮らしの味方はミニフライパン。

ミニフライパンでお湯を沸かし、コーヒー、紅茶、日本茶の3種類をいっぺんに淹れて、その日1日ちびちび飲む。

朝、面倒くさいから、コーヒー、紅茶、日本茶の3種類を用意しておきます。猫舌だから冷めても平気。がぶがぶ飲めない性格だから、ちょびっとずつ飲んでいます。

ちっちゃなミニフライパンを活用していて、これでお湯も沸かすし、玄米も炊ける。みんな驚くんです。「玄米って面倒くさくないですか?」って。「大丈夫ですよ。フライパンでお水も火も加減して、ふっくら炊けますよ」って答えています。自画自賛です。

045

粗食は孤独に効く

なんとなく、粗食が好きです。

スーパーとか八百屋さんとかに行ってまとめ買いして、1週間分くらいはキープして、いろんなバリエーションを楽しむ。煮干しとかジャコとか、ああいう小魚をオムレツに入れたりして。

わたし、シラスとか、ああいうのが好きなんです。それを野菜に添えて。よくわからないけれど、結果的にそれがヘルシーみたいです。

胡桃やごまやアーモンドなどのナッツ類をトッピングして、パセリのみじん切りやセロリの葉っぱをパラパラッとふりまくの。

緑の野菜が足りないときは、抹茶をパラパラ。

やはり食べすぎはよくないですね。昔から腹八分目って言うけど、本当に昔の人は偉いと思います。

実際、自分が食べすぎたときって気分が悪いものです。自分のことも嫌いになるし。なんだか体が重くなるような、あの感覚って嫌ですね。飲みすぎたときもね。ちょっと少ないくらいがいい。

すべてがそう。ちょっと足りないくらいがいいですね。ハングリーね、ハングリー。

それに、食べすぎると、もっと孤独感が襲ってきます。お腹が出っぱってきて、自分のことが嫌いになるから、もっと孤独になっちゃうんです。

もともと子供のときは虚弱体質で、ものを食べない子。ビスケット1枚をちょっとかじって遊んでからまたその続きをかじったりして1日かかったとか。「あーん」とものを食べさせるのが一苦労だったとのこと。

しかし大人になって「あなたから体力を取ったら何も残らない」と悪口を言われるほど丈夫に育ったのは、疎開中のスペシャルな粗食のおかげ。野草とか雑こく類。まるで鳥のエサそっくりでした。

弟をおんぶしていたストレッチングのおかげもあり、あばら骨が出てるくらいやせっぽちの体でしたが、元気に飛び回っていましたから。

何が幸いするか、わからないのものですネ。

それに、粗食は孤独にもいいんです。それはわたしの体験から言えることなんですが、本当にそう思います。たぶん、粗食が自分を甘やかさないからだと思っています。

孤独を恐れて、美食三昧をして、なんとか孤独から逃れようという人がたくさん。でもかえって、糖尿病になったりして大変なようです。

ひとりぼっちのあなたに
ひとりを自由に自分らしく暮らしましょう。

Believe

ひとりで散歩したり、
ひとりでご飯を食べたり、
ひとりでイラストを描いたり、
ひとりで本を読んだり、
わたしにとって
かけがえのない時間

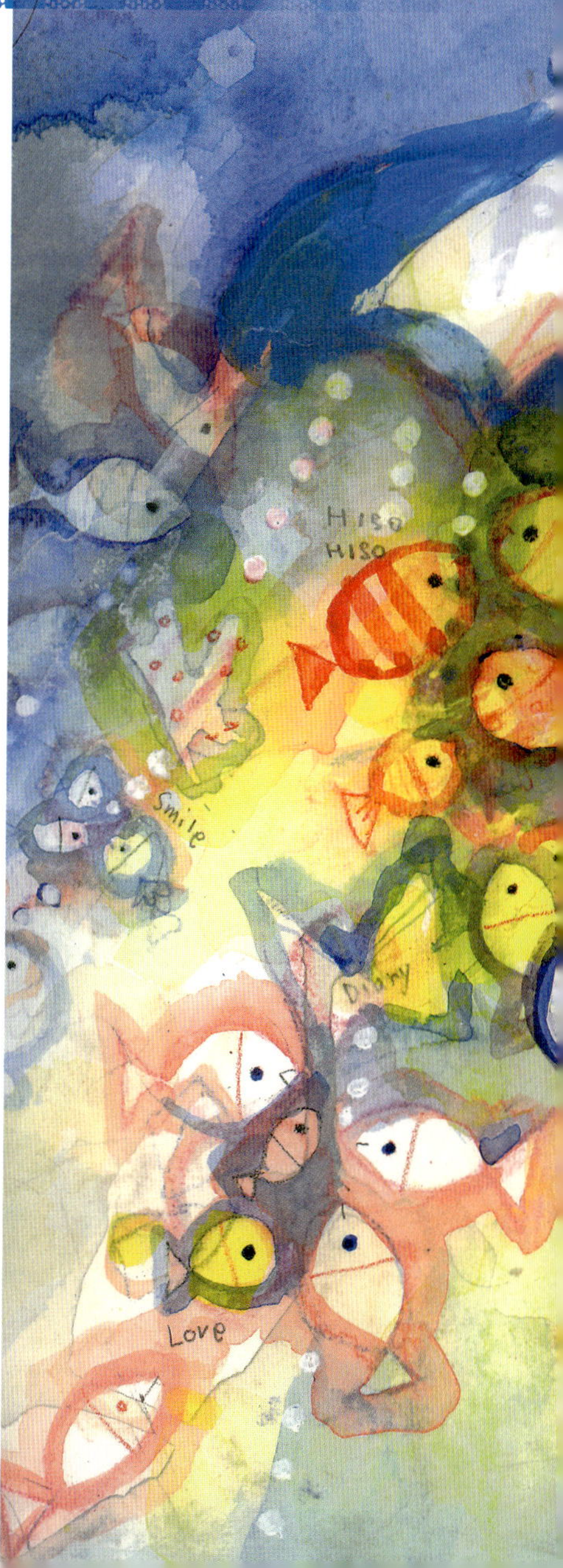

Miracle
LIGHTS
Power
Try!
TABASCO
BRAND
HABANERO
SAUCE
HOT by HOT
McILHENNY CO.
AVERY ISLAND LA.
MADE IN U.S.A.
TABASCO
BRAND
GARLIC PEPPER SAUCE
60 ml
ARLIC
miracle power
SETSUKO

孤独は自由に使えば
もっとたのしむことができる。

Café
miracle
BRAND
PEPPER SAUCE
だれでも
孤独嫌いの
孤独好き
SETSUKO
TAMURA

ひとりぼっちの孤独と
よりそいながら

ひとりの日々に
ひそやかな喜びを
みつけてみましょう。

孤独は大切な宝物です。
孤独は人生のギフトとして、
おおいにたのしんで下さいね。

Bonjour Mademoiselle
BONJOUR♪
あなたを創るのは
あなただけ
ENFANTS
femmes
CAMPS

孤独は自分を強くする
チャンスだから

ひとりの
時間に
自分で
自分を
幸せにする
技を
身につけて

SETSUKO TAMORA
ALICE IN WONDER
E IN WONDERLAND
HOW DO YOU GET TO
WONDERLAND?
OVER THE HILL
OR UNDERLAND
JUST BEHIND
THE TREE

ひとり暮らしは冒険です！

孤独をたくさん
たのしみましょう。

loneliness

046

ワンプレート 一皿の悦楽

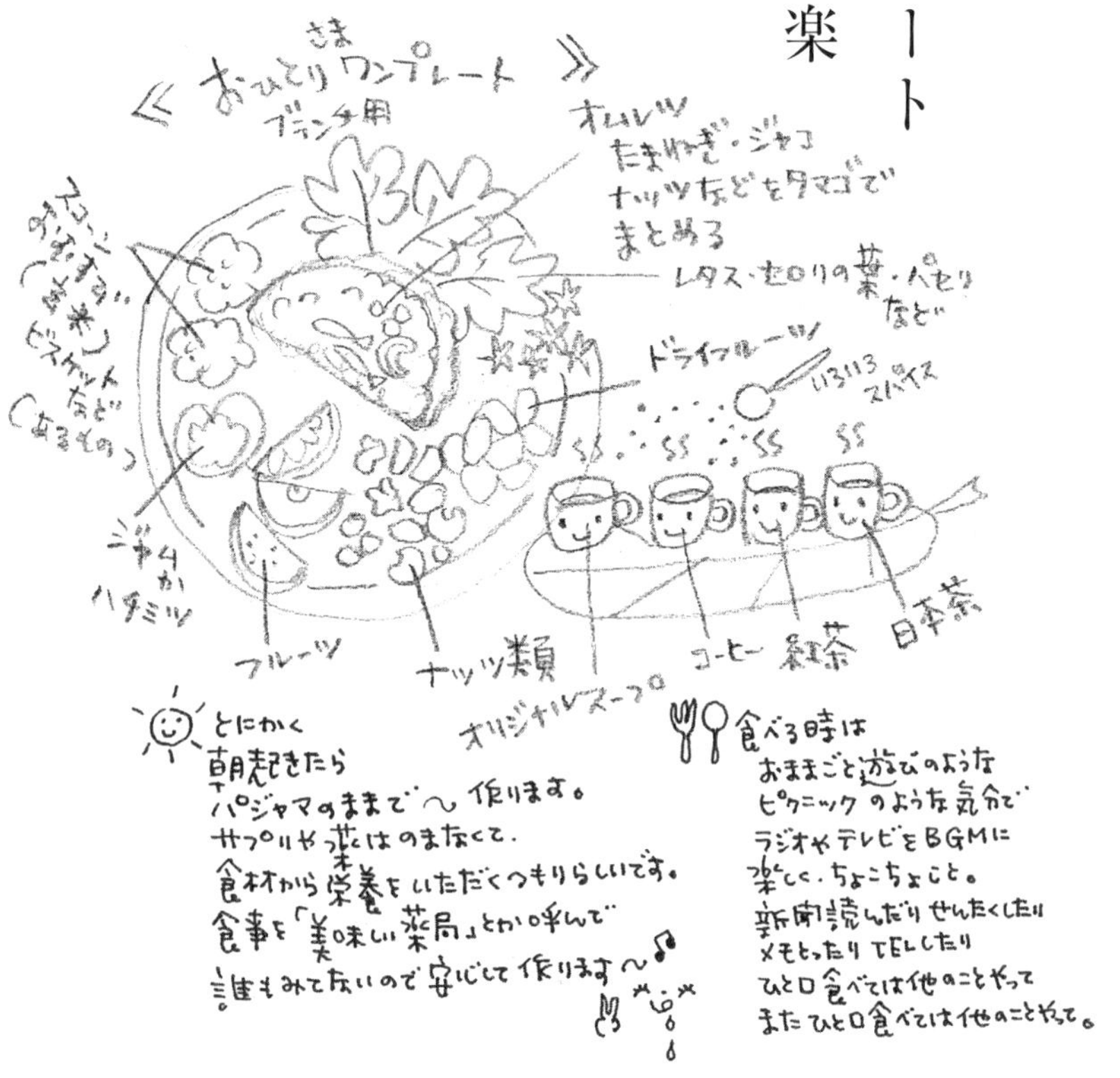

ひとり暮らしの強い味方のワンプレート。
時間をかけてゆっくり食べます。
一皿に全部のっているから、見た目もお庭のようでたのしくなります。

一口食べて　カーテンを開けて
一口食べて　新聞を読んで
一口食べて　鉢植えに水をやって
たのしい朝の始まり。

047

朝の食事、わたしのいろいろ

健康食って、あまり考えたことがありません。
もともとわたしは粗食ですが、これは好みなのです。
ゴージャスな美食とかにはあまり興味がない。贅沢なお食事は、1回すれば
「なるほどー、こういうものですか」って感じです。
自炊をしていますが、ご飯は玄米です。体にいいからというわけではなくて、
もともと好きなんです。白米よりも玄米が好き。
そして干物や、ナッツとか根菜を食べています。
朝は自己流のオムレツ。いろんなものを入れて玉子でとじたオムレツです。

それと玄米のご飯とかパン、あとはお茶。

朝起きぬけに、コーヒー、紅茶、日本茶を、それぞれカップに入れちゃう。

冷めても全然かまわないのです。なぜなら猫舌だから。

それで気分に任せて、仕事の合間に、コーヒーを一口飲んだり、紅茶を飲んだり、日本茶を飲んだりしています。

ニガイ、シブイ、カライ味が大好きなので。

それと、オリジナルスープも作ります。

魔法使いみたいですね。スープをゆるくかきまぜていると。

根菜類を大きく切ったまままゆっくり煮て、コンソメスープの素やスパイスいろいろ、気分次第でまぜます。最後にオレンジやゆずの皮をきざんだものをぱらぱらちらします。

そのスープをお茶のように、ちょこっと飲むのもたのしいです。

048

ひとりぼっちを克服する お酒とマーマレード

ひとりぼっちを克服するちょっとしたアイディアっていうのは、人によっていろいろだと思います。

だから、それぞれに技を見つけるといいですね。

ちなみにわたしだったら、お酒、ワインなどもそのひとつです。5時を過ぎたら、ちょびっと飲みますね。どんなにスケジュールが立て込んでいても、「あら、もうアフターファイブだからOK」って自分で許して飲みます。

だんだん本当におじさんぽくなってきて、「よし、このへんでちょっと一杯」「では、せっかくですから」とか（笑）。

お酒以外では、ハチミツとかマーマレードを、お薬のようにスプーンでちょっとなめたら、もうすっかり気分が変わります。

loneliness

6

ひとりおしゃれは自分らしく

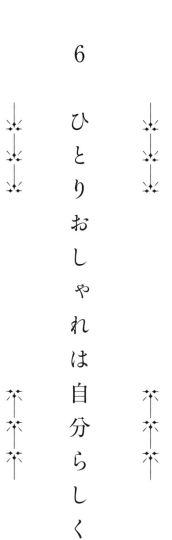

049

おしゃれは自分らしく

おしゃれは自由に。

まあ、正式なときに正装をするのは気持ちのいいことだし、相手に対して礼儀正しいことでもあるんだけど。

でも普段は、おしゃれはなんの制約もなく、自分らしく自由に楽しみましょう。

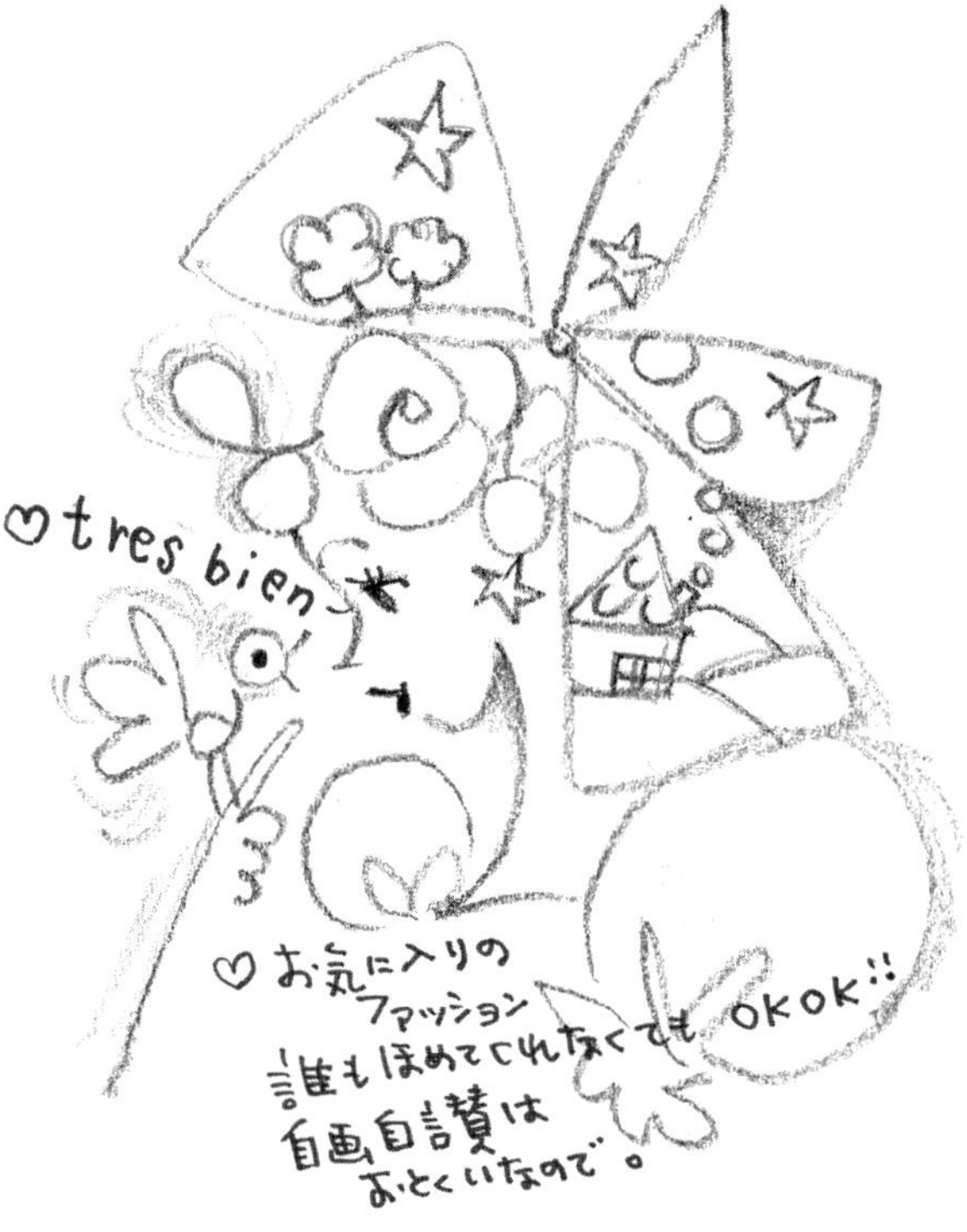
♡tres bien
♡お気に入りの
ファッション
誰もほめてくれなくても OKOK!!
自画自讃は
おとくいなので。

050

お洋服は自分で作る

今はお金を出せばなんでも買える時代ですよね。でもわたしは、物がない時代に育ったので、お金で解決しようとしない世代です。

お洋服なんか、古着をカットして、それからボタンをつけて、ちょっと縮めてみたりと、いろいろ工夫をする。

捨てちゃうのは簡単なんだけど、捨てる前に工夫して利用するのは、とってもクリエイティブな喜びがあります。

それをケチくさいとか思わないで、「これがエスプリって言うものかしら」って自画自賛しています。

廃物利用って、お金をかけずにたのしめて最高ですよ。

それに、ひとりの時間の過ごし方としてもいいんです。いろんな古い服を切ったり貼ったりしてアレンジして、新しい服を作ったりしているときって、超幸せ。

人に見せるものではないんだけれど、自分自身がすごくたのしめるんです。

051

ファッションは自分そのもの

人に決められるものじゃなくて、その人らしさというのが一番出るものです。
流行とかあまり関係なく。
流行はちらっと見る程度でＯＫ。

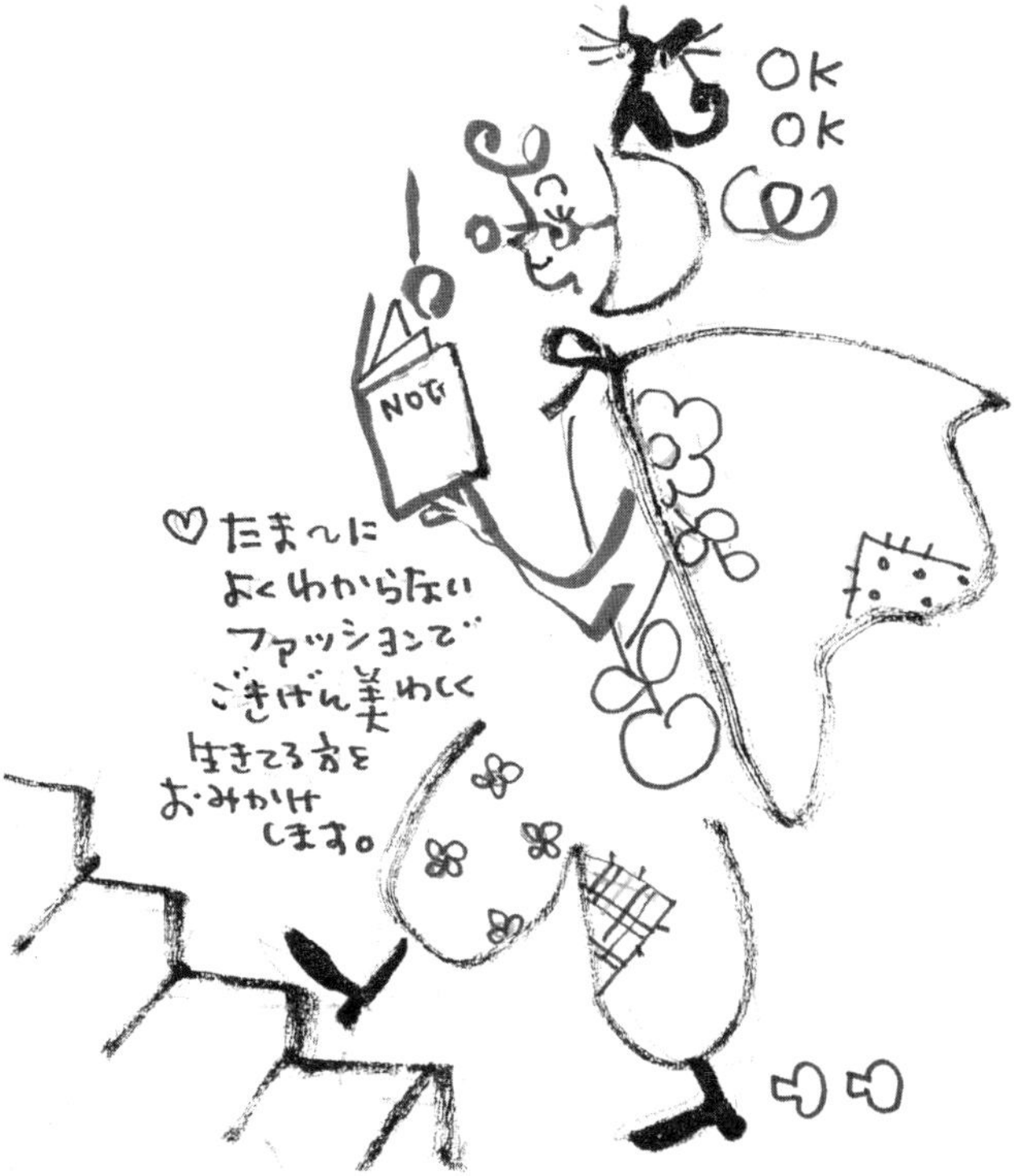
OK
OK
♡たま〜に
よくわからない
ファッションで
ごきげん美わしく
生きてる方を
おみかけ
します。

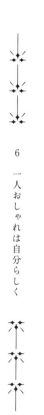

052

いろいろな帽子をたのしむ

髪は女の命、とか。それはとっくにわかってるんですけど、不測の事態って人生にはあるんですよね。急用つづきで、お手入れできずパニックしてるとき、乱れ髪や毛染めの生え際を隠してくれる強い味方は、なんてったって、帽子です。黒いシンプルなデザインを選べば、リボンや花で変化をつけることもできて便利。大げさなのが嫌という人はベレーを。かぶり方であるときは女学生、あるときは粋にもなる。わたしは丸い眼鏡をかけて、老婦人の気分をたのしんでいます。ボーボワール女史のターバン型もシックなもの。どの帽子でも、脱いだときのふーっという解放感というおまけつきです。

わたしがゆめみる おばさんファッション

053

いくつになってもチャーミング

意識を持っておしゃれをすれば、何歳でもチャーミングでいられる。
わたしはいつも、おばあさんはどんな格好も似合うって言い切っています。
おばあさんっていうのは、もうその人自身に貫録があります。シワも含めて。
だから何を着ても、派手なものでも地味なものでも、サマになると思います。
街で見ていても、おばあさんを励ますことなんて何もないと感じます。
おばあさん自身が立派なものですからね。

6 一人おしゃれは自分らしく

054

メイクはトータル3分以内

すっぴんで美しければいいのだけれど、やっぱり修正しなければ世間に失礼、という気になり、もっとこうだったらいいなあと思ったりしながら。

そういう意味では、メイクをすると気分が変わっていいですね。

今はメイク用品がいろいろあってありがたいと思います。１００円でも、なんでも売っています。自分で工夫してやればいいわけです。

わたしのお化粧は3分以内です。

「あっ」という間です。わたしの場合、お肌のお手入れはニベアミルク１本。コンビニでもどこでも、旅先でもＯＫです。

よく旦那様が「素顔のままで」とうっかり仰って、それを真に受けて、堂々とそのままで守ってる奥様。

あのう、ちょっとだけなんとかしたら？　と思うことがあります。

ちなみに、「素顔のままで」というお言葉は、じつは「素顔のような」という意味では？　とわたしはひそかに思うことがあります。

「ほんのり薄化粧でにっこりしてほしい」のが本音かも。

055

鏡でバランスをチェックする

わたしはあまり鏡を見るのが好きではないのだけど、フランスに行ったときに気がついたことがあります。

パリの女の人が、しょっちゅうってほどではないけれど、さりげなくお店の中とかで鏡を見ているんです。ホテルのフロントで働いている女の人なんかも、小さな鏡を机に立てておいて、電話をするときもその鏡を見ながらしゃべったり。

うーんなるほど、おしゃれなパリジェンヌは、鏡をよく使うなあって。もう癖になっているんですね。わざわざ見るのではなくて、ちらっとこう鏡を視界の中に入れる感じ。

『女は女である』というゴダールの映画の中で、アンナ・カリーナはアパートでひとりのとき、鏡という秘密の相棒にウインクしてるみたいでした。ヘアスタイルを整えたり、お芝居の台詞を言ったりポーズを決めたり。

そうやって、自分の顔や全身のバランスをチェックして会話してるみたいでした。「こんなのどうかしら?」と。おちゃめなしぐさが、とてもチャーミングでした。

056 おじいさんみたいな服を着る

可愛い女の子っぽいスタイルは、さんざん絵にも描いているし、自分でもやってきました。

ふんわりした、パフスリーブが大好きで、おばあさんになってもしているスタイル。それはしかしもういっぱい味わいました。

最近は、英国紳士の探偵じゃないけど、なんかダボッとしたような、背広を着た感じのおじいさんぽい格好をしたくてしょうがないのです。

可愛いハンドバッグとか持たないで、上着のポケットにお金を入れてプランプラン歩いて、あまり荷物を持たずにバーに寄ったり図書館に寄ったり。

そんなおじいさんぽいおばあさんになりたいと、ひそかに夢見ているところです。

057

おしゃれでリフレッシュ

わたし自身、もう、いい大人ですから、なるべく、女らしい、まじめ（？）な服装で過ごしていますが、ある日とつぜん、野球帽に、ヨレヨレのTシャツ、男っぽいコートなどに着がえたりすることがあります。虎や龍のスカジャン。

そういうときの爽快感は言葉にならないくらいです。

頭のてっぺんに窓が開き、新鮮な風がピューピュー入り、たまっていた義務感や、さまざまなプレッシャーが解放されて、身も心もリフレッシュする感じなのです。

また、急に忍者のような歌舞伎の黒子のようないでたちで仕事場を音もなくスルスルと動きまわる姿にも憧れています。

そのまま夜の街に出かけるのもやってみたいです。

闇から闇へスルスルと。

電車の中で、小さな男の子が「ママ、ちょびっと、雨が降ってきたよ」と言いました。すると、若い母親が、「○○ちゃん、〝ちょびっと〟なんていう日本語はありません。〝少し〟と言いなさい」と叱りつけました。

一瞬ひるんだその子は、しばし下を向いていましたが、またもや「ほら、見て見て、ちょびっと」と、窓ガラスについている雨のしずくを指します。「少し、と言いなさい。少し、と」母親のまゆは、キリリ、と逆立っていました。

急にパラついたこまかい雨は〝少し〟というよりも〝ちょびっと〟と言ったほうが、感じが出てるのに……と、わたしはその2歳くらいの坊やに、ひそかに同情したのでした。

電車の中で、可愛らしい女学生たちが、おしゃべりをしています。はなれて見ていると花束のように美しいながめですが、近くで聞き耳をたてると、「ドッシェー、やってらんねえよ」「ったく、超ムカツクよね」なんて言っています。母親が聞いたら、それこそ「ドッシェー！」と驚いてしまいそうな言葉づかい。

しかし、おしゃべり中の少女たちは、お互い、楽しくて、嬉しくてたまらない様子。そういえばわたしも少女時代、電車やバスの中で友達と、「今日はズーズー弁にしよう」などと決めて、車中ずっと、「んだ、んだ」「イーゴ（英語）のスクダイ（宿題）おせーてけろ」「やんだ、やんだ」などと、でたらめ語を、すました顔でやりとりしては、大よろこびしたものです。

そのころ〝のさ言葉〟というのも流行りました。言葉の間に〝のさ〟をはさむのです。「ごのさめんなさい」「あのさりがとう」と得意顔でしゃべりました。

もう、30年も経った同窓会で、そのころの話になり、「あんなことが、あんなに楽しかったなんて」と笑い合いました。

今、若者の間でグランジ（汚い）ファッションが大流行。古着屋で、自分の感性にピンとくる、古シャツや帽子を見つけ、自分流にアレンジして、着こなすのです。古シャツを腰に巻いて、ドタ靴をはいて、街を嬉しそうに歩いています。そういう店に入ってみると、アメリカのシャツや帽子。ハリウッドスターが着たようなドレス。花のようなチュールたっぷりのペチコート。キラキラしたブローチ。

ありとあらゆるグッズが所せましと並んで、不思議の国に迷い込んだ感じなのです。それらの物たちは「どんな自分にだってなれるんだよ。自由に選んでくれよな」と呼びかけてくるようです。そういうファッションで道ゆく若者達は、すれ違うとき、お互いの中に、自分の〝仲間〟を認めて、暗黙の握手をしているかのよう。

自分の娘にはぜひ、女の子らしい、上品なかっこうをしてほしい、とレースのついた白いブラウス、プリーツのロマンチックなジャンパースカートを買ってあげても、娘はプイ、と横を向いたまま。お気に入りのお出かけ着は、ボロボロの、穴あきジーンズ。

まじめなお母様は頭痛がするそうで、しかし、これは、世界中のお母様方の共通の悩みだというのです。

ま、しかし〝お行儀のよい子、大好きママ〟も、たまには肩の力を抜いて、おんぼろファッションを楽しんでみたらいかがでしょうか。

「ママ、みっともないよ」と言われたら「ドッシェー、その言葉、超ムカツクよ」と答えながら……。

6

一人おしゃれは自分らしく

058

エプロンで仕事をする

エプロン大好き。個展の会場で、いろんな方に「あっ、今日はエプロンをしていないんですか?」って聞かれます。「エプロンをトレードマークにしたらどうですか」って言われたこともあるくらい。

可愛いレースのエプロンなどじゃなく、絵の具で汚れた職人ぽいエプロンのほうがウケます。

SHIMEKIRI
HA YAKU
SOS
HELP
RIMIT
OH NO
♡エプロンはいっぱい。
いつのまにか
おしゃれっポイもの
カワイイものから.
実用いってんばりのものまで
たまりました。どんなエプロンも
働らく時の味方
たのもしい味方です。
古くなっても捨てられません。

loneliness

7 ひとりの習慣で健康になる

059

健康は最高の節約

健康であればお金があまりかからない、そして家事とかおうちのこととか一生懸命やることが健康にいいのです。

ストレッチにもなるから、なおさらお金がかからないのよね。人間の体というのは、じつは、どんな宝石もかなわない宝物。

それに気づかず、粗末に扱うとバチが当たります。

体に話しかけて、お礼を言っている方もいらっしゃるみたい。

「よく働いてくれてありがとう。お疲れさま。ご苦労さま。」

見えない内臓にもお礼を言うんですって。

朝と晩に、お布団の中で。
骨にも、「本日もちゃんと動いてくれてありがとう。明日もよろしくね」。
そうすると、全身がポカポカあたたかくなり、それは体からのお返事。
「いえいえ、それはそれはご丁寧に。了解です」なんて。

♡「健康法がお好きなんですね」
「そう。孤独をたのしむには体力も必要なの。
"Your body is Your BANK"
という言葉をきいたことがあります。」

060

健康診断はしない

わたし、29歳のころから健康診断を受けていません。

お勤めに出ていたら、義務的に受けないといけないのでしょうけど、自分から進んでは受けていないんです。

もし受けたら、きっと気になると思うのです。今は数値で表しますよね。コンピューターで折れ線グラフみたいに。

両親と妹の付き添いで、病院にはしょっちゅう出入りしていたからわかります。「ああいうふうに表れるんだな」って。

そういう体験から、もしわたしが検査を受けたら、別に具合が悪くなくても、

「パーフェクトです。とくになんともありません」とは言われないような気がします。

血圧だか血流だか、何もわかんないのだけれど、そういうことを言われたら、やっぱり気になるんじゃないかなって思います。

まじめな人はすごく神経質になっていますよね。コレステロールがなんとかって。

まあ、手足が動いて、ものを食べたり飲んだりできればそれでOK。

(ただし、今のところ)

061

病院に近づかない

年を取ってから、実家に市役所の人が2人で訪ねてきたことがありました。

「恐れ入ります。田村セツコさんはいらっしゃいますか？」って。

それでわたしが、いそいそとエプロン姿で判子を持って出て、「はい、どういったご用件ですか？」って尋ねたんです。

「セツコさんはどうされてますか？」って訊かれ、「わたしです」って答えました。すると2人は「えっ⁉」って言って顔を見合わせていました。

わたしは、親のこととか、どこかに判子を押すのかしらって思ったのだけど、「いや、いいんです」って仰るんです。「変な人たちだなー」って思っていたら、こんなことを言われました。「あまり何年も保険証を使ってないので、いちおう調べにきたんです」って。

要するに、生存確認だったわけですね。わたし、死んだかもしれないって思われたわけです。驚きました。

その2人は、帰りしなに、「どういった健康法をお持ちなんですか?」って質問されたので、「うーん、そうですね。あまり病院に近づかないようにしてるんですよ」って答えておきました。

それで、「あはは—」って3人で大笑いしました。

062 疲れたら運動する

行きつけのバーのカウンターで、作家の萩原葉子さんが耳元で囁きました。

「怠けてちゃだめよ。疲れているときにこそ運動しなさい」って。

そう、逆なのですね。普通、疲れているときは休みますよね？

でも彼女は、「疲れているときに休むとね、すぐ老けちゃうわよ。疲れているときには運動をすれば大丈夫」って。

葉子さんは、作家活動の中で、美容と健康のためにモダンダンスを始められ、ご自身の理想の体型を手に入れたミラクルな方ですから、普通の人とはちょっと違っているかもしれません。

でも、この強くて優しい囁き声は、嬉しい贈り物でした。

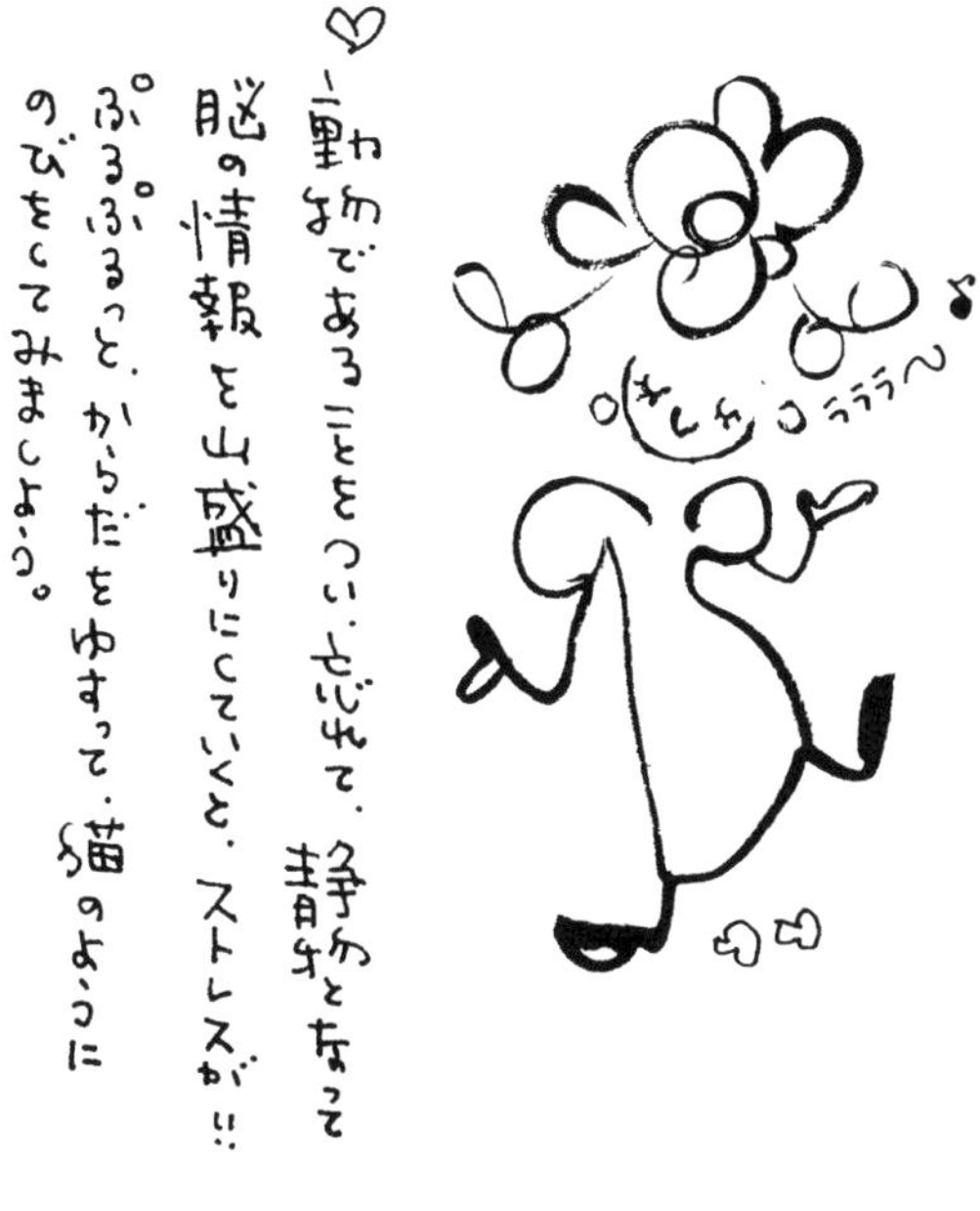
動物であることをつい忘れて、静物となって
脳の情報を山盛りにしていくと、ストレスが!!
ぷるぷるぷるっと、からだをゆすって、猫のように
のびをしてみましょう。

063

姿勢をよくする

姿勢がいいと、見てくれ度が3割増しの上、内臓を圧迫しないから病気にもなりにくい。これもお金のかからない健康美容法です。

うちの父親は無口で、ほかのことでは一切注意しなかったけれど、「姿勢が悪いよ」と、ちらっと言うことがありました。

昔の人だから、姿勢をよくすることには気をつけていました。明治の人で、天皇陛下の近衛兵だったから姿勢がよかったのです。まあ訓練を受けていたんでしょうね。海軍の方なんかもね、シュッとしてなくちゃいけなかったんですね。

姿勢がいいっていうのはとても合理的で、元気に見えるし、綺麗ですよね。姿勢を悪くしていると内臓が圧迫されるから、姿勢をよくしていると、体の中が健康になる。とても合理的だっていうことです。

それに、姿勢がよくなれば幸せ感が湧いてきます。孤独な人が猫背になって前かがみになっていたら、もっと孤独になってしまいます。

首をすっくと伸ばして、背筋を伸ばして、すーっと歩く。それは人に褒められるためじゃなくて、自分に対する礼儀でもあります。

だからロダンの考える人のポーズ、あれは考えるときだけにして下さいね。普段はなるべく背筋を伸ばして下さい。

064

ゆっくり呼吸をする

呼吸が大切っていうことは誰でも知っていると思います。実際やってみると、とても大切なものだとわかります。

酸素を吸って、二酸化炭素を吐き出すわけだけど、どんな場所でも、自分ひとりでも、苦しみの中にいても、ゆっくりと呼吸をすると心が落ち着きます。

大げさに言えば、魂に栄養が行き渡るのを感じます。

意識して3分くらい。

日常の中で、歩いているときでも、家事をしているときでも、呼吸を意識するだけ。

普段は自然にしていることでも、意識すると、とたんに効果が。
そもそも、細かくて浅い息をしていると孤独感と寂しさが募ります。

065

頭をちょうどいい位置に置く

頭の重さって、どうやら5キロくらいで、だいたいみなさん同じような重さらしいです。

それが背骨の上にちょうどよく乗っかっていれば、腰痛などのトラブルはだいぶ軽減されるようです。

それは姿勢がいいっていうことです。

それで、前かがみになっていると、その重さを支えるために背骨のある部分に無理がいくわけです。ピリピリピリッとね。

だから頭をちょうどいい位置に乗せておく。

それが健康を保つために大事なこと。

そのコツは、やっぱり姿勢をよくするっていうことです。姿勢をよくすれば、ちょうどいい位置にくるんですよね。

その位置を自分で探ってそこに乗せておく。

だから頭の重さと背骨の関係って、姿勢をよくするためにとても大切。それによって内臓も大よろこびらしいです。

066

早口言葉を言う

年を取ると、口の回りが悪くなってきます。わたしも舌がもつれがち。それで、ディズニーの映画で、ジュリー・アンドリュース主演の「メリー・ポピンズ」に出てくる早口言葉を、気分転換のときに言ってみるのです。「スーパーカリフラジリスティックエクスピアリドーシャス（Supercalifragilisticexpialidocious）」とかなんとかいうあれです。映画の中で繰り返し言っていました。

日本でも、歌舞伎役者が言う言葉がありますよね。そういうのもあるけど、自分でお気に入りの早口言葉を繰り返して言ったりしています。気分転換にいいなあと思って。

だからお坊さんの、「はんにゃーはーらーみったー」なんていうのも、意味はよくわからないけど、それを繰り返すことによって、そこから何か沁みてくるものがありますね。

口の運動になるっていうことは、からだ全体にもいい影響があるみたいです。だいたい、孤独な老人はしゃべるチャンスがありません。口のところが衰えてしゃべりづらくなっていきます。

だから、そういうチャンスがない人は、口の体操として早口言葉を言ったほうがいいみたい。

でも、「スーパーカリフラジリスティックエクスピアリドーシャス」って、そもそもどんな意味なんでしょう?

067

電車の中でのたのしみ方

電車をガラス張りの移動するお部屋だと思っています。景色がどんどん変わって、昼間と夜は風景の色なんかも違いますよね。

車内ばかり見ないで、窓の外を見るのです。そして、外には季節の移り変わりが……。外を見ないと息苦しくなるときもあります。周りの人の疲れた顔を見ていると、ストレスが……。そんなときは外を見ると胸がスーッとして、目もスッキリ。

電車がすし詰め状態で駅に停車したときは、瞑想状態に入る。お坊さんの瞑想ってありますよね。目を半眼にして、あまり人を見ないで。

地下鉄の場合は、中吊り広告をぼんやり見ます。あれはデザイナーが、疲れた乗客にウケるように工夫して作っているわけです。だからわたしは、ビールとか化粧品や週刊誌の広告を見ていろんな工夫しているをたのしみます。

中吊り広告の素敵な写真を携帯で写したりします。

それから、赤ちゃんが泣いていたりするときに、話しかけたりするのが好きなんです。

これにはコツがあって、親が困っているときに、その赤ちゃんの顔をじーっと見つめてから、「ニッ」と笑うと、たいていの子は笑うんですよ。

068 小石をひとつポケットに

そこらに落ちている小石を1個ポケットに入れておきます。

大きさは直径3センチくらいのものでOK。

手のひらで握ってコロコロさせるのです。

手のひらにはたくさんのツボがあり、とてもよい刺激。

また、ポーッとしたり、カッカとあせるとき、トーンダウンしてるとき、どうしよう⁉　というときはおデコに当てます。

ちょっとヒヤッとしていい気持ち。

そしてクールな判断ができますよ。

これはある外国映画の中で私立探偵がやっていたのです。

　ポケットから出した小石を手でポンポンさせたり握ったり、おデコに当てたりして、「そうか！」と推理がひらめくと、その石を胸のポケットにそっと入れてすぐドアを開けて飛び出すのです。

069

短く「褒める」

年を取ると、褒められる機会が少なくなります。相手を心配してあれこれ厳しく言うより、褒めてほしい。

みんな、親を褒め足りないと思います。

賢い娘が「ダメよ、それは。さっき食べたじゃない」なんて、上から目線で、もっともらしいことを言う。

こんな嫌なことはないと思うんです。怒られると萎縮してどんどんかたくなになるけど、反対に褒められると表情もゆるんで穏やかになる。よく観察すれば、介護のヒントが見えてきます。

短い言葉をタイミングよく。「さすが！」「おかげさまで」「大丈夫」。孤独で体調の悪いお年寄りには、褒め言葉は点滴より効くのです。

とにかく、老いた親を介護できるのは育てていただいた恩返しができるビッグチャンスですから‼　よろしくね。

070 腰痛のときは家事がおクスリ

これは、昔、わたしがギックリ腰でひーこらしていたときの話です。

地方に住んでいた先輩のおばあさまと電話でお話ししていたら、その方が「大丈夫よ」って仰る。

その方がひどい腰痛のとき、娘さんからお孫さんを預かってしまって、その子の面倒を「痛い痛い痛い」と言いながら見ていたんですって。トイレに連れて行ったり、いろいろと。

ところが、その娘さんがお孫さんを受け取りにきたときには、いつの間にか腰痛が治っていたそうです。そういう経験から、「とにかくこまめに体を動かすことがコツよ」ってわたしに教えてくれました。

マッサージとか鍼とか、電気を当てるとか、いろんな方法もありますが、「いいえ、お金もなんにもかからない。こまめに動くことよ」って仰ってました。わたしはすんなりそのままありがたいお言葉として受け取り、「痛い痛い痛い」と言いながらお掃除したり雑巾がけをしました。

そうすることで、いろいろなポーズを取り、ストレッチングになるわけですよね。

それでちゃんと治りました。今でもそれを忘れないようにしています。

071 家事は健康の「おうちジム」

家事の中には、健康のヒントがいっぱいあります。体操みたいに準備の必要もありません。

縮こまったり伸びたり、重いものを運んだり、立ったままお料理をしたりすることが、もう、ありとあらゆる運動になるんです。じっとしているとラクしちゃうことになるわけです。

でも、重いものを持ったら体によくないですよね。だから持ち方を工夫するのです。

むやみに持つのではなくて、体を労わりながら、ゆっくりとスローモーションで。スロースローで、ゆっくり運ぶうちに、あちこちのストレッチングになっている。

そうやって治ったときは、本当に嬉しいものです。

だから、家事は自分でやったほうがいいのです。他人にやってもらうと損をします。わたしは「おうちジム」って言っています。

072 細胞をセルフエステでたのしむ

わたしの知人がひとりのお部屋で自分でマッサージするときに、顔の垂れ下がってきたところに、「違うでしょ、こっちよ。あなたはこっちでしょう」って言って聞かせて、顔を引っ張るということをやっています。そうすると細胞はある程度言うことを聞くんですって。

細胞を自分で自由にできるなんて、楽しいですよね。

体のあちこちを夜寝る前に手であたためて、それはただあたためるだけではなくて細胞に言って聞かせる。「まあご苦労さま」とか内臓にも言って聞かせると不思議と通じるんですよ。

それが、孤独な時間にちょうどぴったりの自分のセルフエステですよね。
人にも見られないし、たのしい、秘密のよろこびです。

loneliness

8

ひとりでも人といても軽やかに

073

怒らない

怒りっぽい人って結構多いですよね。

意味もなく癇癪を起こしたりして、顔から棘が出ているようになって、苦しそうにしているお年寄りって　いらっしゃいますね。結構お金持ちの恵まれた立場の方も。

それなりに体が動いて、お金があまりなくても、なんとかバランスを取って幸せを感じるように、自分で自分をしつけてみる。ペットを飼育するみたいに「よしよし」ってやる技を身につけていれば、あまり怒らなくて済みそうです。

怒ってる人に「おはようございます」と挨拶するときはちょっと気合いがい

ります ね。でも一応言ってみることにしています。心の中で「あっどうも」と答えてらっしゃるかもしれません。

074 インタビューをする

インタビューをされるのも、するのも大好き。

よく、タクシーの運転手さんなんかにインタビューすることがあります。そうするとね、すごい特ダネが入ってくるのです。世間を知ってらっしゃるから。

タクシーの運転手さんとかのお話は本当に社会科の勉強になります。ありとあらゆる人を乗せて、面白人間観察をしているわけですものね。

お話をうかがっていると、「なーるほど」と思わずいつも、メモしたくなるのです。

8

一人でも人といても軽やかに

075

間を大切にする

間を置くと、たいていのことは解決します。慌ててはいけない。
心配事は慌てていろいろと対策をこねないで、ちょっと置いてみる。
そうすると、だいたいいい方向に行きます。
よく相手の身になって考えるって言いますよね。
猫や消しゴムやセロテープの気持ちになってみる。
そうすると、だんだんOKOK、大丈夫、という気持ちになるのです。
誰かの悪口を言いたいときは、こっそりその人の似顔絵を描いて、しばらくながめて。

そうやって間を置くのです。

076 自分のクリエイティブをいかす

ご自分のクリエイティブな部分を眠らせていてはもったいないと思います。

わたしの母も、自分のメリンスの着物をほどいて娘たちのワンピースを作り、紐を1本通して袖がふくらむように工夫したり、父のレインコートを子供用にリメイクしたりしていました。

晩年は、ヘルパーさんの力を借りながら、実家に通って母の介護をしていたのですが、褒めることが母の何よりの薬になりましたよ。

「4人も子供を育てながら、なんでも手作りしてくれて、お母さんは一流のデザイナーだったわよね」とか、「疎開先で、ふすまや米糠、柿の皮…でおやつを作ってくれたアイディアは素晴らしかったわ」と言うと、「ふふ、まあね」と嬉しそうでした。

077

想像力をたのしむ

「貧乏人にのしあわせのひとつは、たくさんの想像できるものがあるというところね！」

――『赤毛のアン』

想像力という透き通った翼があれば、身の回りが彩りを帯びてキラキラと輝き出し、自由自在に飛んでいける。世の中はちっともこわくないと思えたんです。

♡お散歩のすすめ
「二本の足は
二人のお医者」という
言葉があるくらい。
二本の足を使って
心とからだに風を
入れに行きましょう。
おいしい風をたべに
行きましょう。

078 友達作りは自然に

若い人などは、一生懸命にネットでつながったりしてお友達を作りますよね。だけどわたしの場合は、努力して作ろうと思ったことはない気がします。自然とできてきたって言うと、全然参考にならないかもしれないけれど。

わたしたちの時代はネットなんてなかったから、ペンフレンドって言うか、お友達とお手紙をやりとりしていました。

わたしは転校がすごく多くて、小学校もいっぱい転校して、お友達がいるようないないような状態だったんです。それは大人になってからも同じなんです。

どうもわたしは、お友達がすごく多くて、とても賑やかに暮らしていると思われてるようですが、意外とそんなにいないのです。実際、友達は2~3人くらいじゃないでしょうか。

お友達を作るのって、作ろうと思わないことがコツなんじゃないかと内心思ったりします。欲しがると逆にできにくいと思う。

「お友達が欲しい、欲しい」って言う人はちょっと息苦しい。ある程度さばさばしていて、「お友達はいてもいいし、いなくてもいいか」っていうくらいでいいと思います。風通しよく。

それに、現実のお友達を無理やり探さなくても、たとえば本棚の中にはオンパレード。素敵な主人公たちがみんなで手をつないでラインダンスをしています。

そして「あなたはひとりぼっちじゃない」とささやいてくれるのです。

現実のお友達を100人探すよりも、本棚の中の1人を見つけるほうがよっぽどいいかもしれません。

079

友達を区別しない

わたしは毎年新宿の「J」というジャズ・バーでお誕生日会をやっていただいています。初めてお誕生日会に出席した人は驚いてよく、「たくさん人がこられるわねー」って言われます。

でもそれは、人が人を連れてくるっていう感じです。

どんどん自然に膨らんで。

ですから、わたしが努力して集めたわけではなく、ありがたいことです。

もともと「この人は好き、この人はちょっと……」っていう感じではなく、人を区別はしないタチです。

たしかに、自分でしゃかりきになってお友達を欲しがっていたら、できないと寂しいと思います。

でも、友達はいてもいなくても大丈夫。

わたしはひとりが好きだから、お友達の代わりに、日記帳に話しかけたり、メモ帳になんでもかんでも包み隠さずしゃべって、それで安心するところがあるんです。

080

人を嫌わない

わたし、よく人からも言われるのだけど、あまり苦手な人っていないみたいです。

なんだかわたしの中に、好き嫌いはいけないっていう気持ちがあるのでしょうか。人を嫌っちゃいけないっていうような。

それに、たとえ嫌いだと思っていた人でも、思いがけず、いいところがキラッと光る瞬間があるので、それはもうなんとも言えないですね。

逆に、好きな人の中に「ええー!?」なんていう呆れる部分があったりする。

だから、人って、いいところも悪いところもあるっていうふうに思っています。それってスリリングで楽しいところです。

そういえば、漫画家の赤塚不二夫先生は人間関係にまったく差別のない方。泥棒も詐欺師もお巡りさんも宝石商もドクターもホステスさんも、みんな友だち。

そして、いつしか、楽しいキャラクターとして作品の中に、賑やかに、登場するのでした。

ご本人は、苦労人の大人と、無邪気な子供を両方同時に生きてらっしゃるみたいな天才でした。

081 人の魅力探しをする

子供のころからひとりが好きでした。

転校が多くてひとりぼっちでいることがとても多かった。

その分、人を区別せずにいろいろな人とお話ししました。

優等生として表彰されたその日に、授業中におしゃべりをしたということで罰当番に。それで、その日の放課後、ほかの罰当番の人たちと一緒にわいわいお掃除。

だからそういった意味では、自分にはあまり差別意識がないような気がします。自分では大して意識してないけど、人からはそう言われる。「変な人とお友達ねー」とか。

「えーっ、あんな人と付き合ってるの？」っていうようなことはよく言われます。

でも、そういう人にも、どこかしら魅力的なところがあるものです。無理やり探さなくてもね。そういうときの、嬉しさ、トクした気分って格別です。

「えーっ、あんな人と付き合ってるの？」と、わたしも、よそで言われてるかもしれませんが（笑）。

loneliness

9

孤独上手になるための「ノート」

082

紙と鉛筆が幸せのツール

紙と鉛筆さえあれば、願い事はみんな叶ってしまうんです。

小学生のとき、友達の家に遊びに行くと、とても可愛いフランス人形が置かれていました。しかもそれはオルゴールなのでした!! わたしはその人形の姿を心に刻み、家に帰るとすぐに絵を描きました。可愛いドレスのまわりに音符もちらしました。

紙の中から本物の人形よりも可愛い姿が現れる。だから、本物の人形が欲しいとは思いませんでした。

紙と鉛筆さえあれば幸せ。

それはプロのイラストレーターになってからも変わりません。有名になりたいとか、売れっ子になりたいとか、そんな気持ちで描いたことはまったくないのです。依頼があれば嬉しくて、ただ締め切りに間に合うように描くだけ。今も昔も街の文房具屋さんに立ち寄るのは大好き。紙と鉛筆に「おかげさまで」と、そっとウインクしています。

083

わたしの指1本、ン億円の大富豪

ロボット工学の先生がこんなことを仰ってました。人間の指をロボットで作ろうと思ったら、ものすごくお金がかかるって。

指とそっくりのものを作って、物を持ち上げたりできるけれど、ガラスとか水とか材質を触ったということがわかるようになるまで、大変な研究が必要で、しかもお金がものすごくかかるそうです。

わたしたちはそういう貴重なものを持っているわけです。両手両足にたくさん持っていて、これを計算したらもう億万長者。

そんなことを考えると、自分が持っているものだけでもハッピーになります。

嬉しくなります。

それに、これは孤独の解消にもなるんです。

時間があるときに、ひとりでこの財産を計算するわけです。「指1本何億円じゃん。目玉もすごい値打ち。鼻も匂いを嗅げるし、ふふふ」て、夜中に笑いながら。

もう、孤独を忘れられること、間違いございません。

084

ひとり絵日記を描く

ここで唐突ですが、みなさまにゼヒ、絵日記を描くことをおすすめしたいのです。「絵が苦手なので」などと言ってる場合ではありません。

あの『星の王子さま』の作者サン＝テグジュペリさんも、『不思議の国のアリス』のルイス・キャロルさんも、絵が大好き。けれど、決して決して、絵が上手ではありません。しかし、自分の心を正直に表現しようと、人目を気にすることなく、無邪気力を発揮して描いたために、いつまでたっても、決してあきないばかりか、世界中の人々から愛される絵となったのです。

心を正直に表現する、その方法は、誰にもわかりません。その人の心だけが知っているのではないでしょうか。

彼らが街角のカフェで、ポケットから出した紙切れに何やら、らくがきをしている姿を想像すると、うっとりしてしまいます。

街もキッチンの片隅も、病院の待合室も……どこでも、そこは、あなたがいれば、アトリエにも書斎にもなるのです。小さな手帳に、レシートの裏に、紙ナプキンに、サラサラとらくがきをするよろこび。自己流の絵もそえて。思いつき。ひらめき。詩のかけら。悪口。ときめき……あとで見ると、それらは、ふわーと立ちあがるのです。

嬉しいことは、もう一度胸があたたかくなりますし、つらいことは、そうそう、こんなことがあったけど、もう通り越したのね、よかったと胸をなでおろすのです。


上手い下手は別として、なんでもかんでも日記に書いて、そこにちょこっと絵をつけています。そういったことを毎日ちょこちょこやっているわけです。

それらは「過去」のものじゃなくて、バリバリの現役の友達。今すごく励ましを与えてくれるの。いいことはまた思い出して嬉しいし、嫌なことは、それをクリアしてよかったねっていうことで、やはり嬉しい。絵日記大好き。おすすめします。

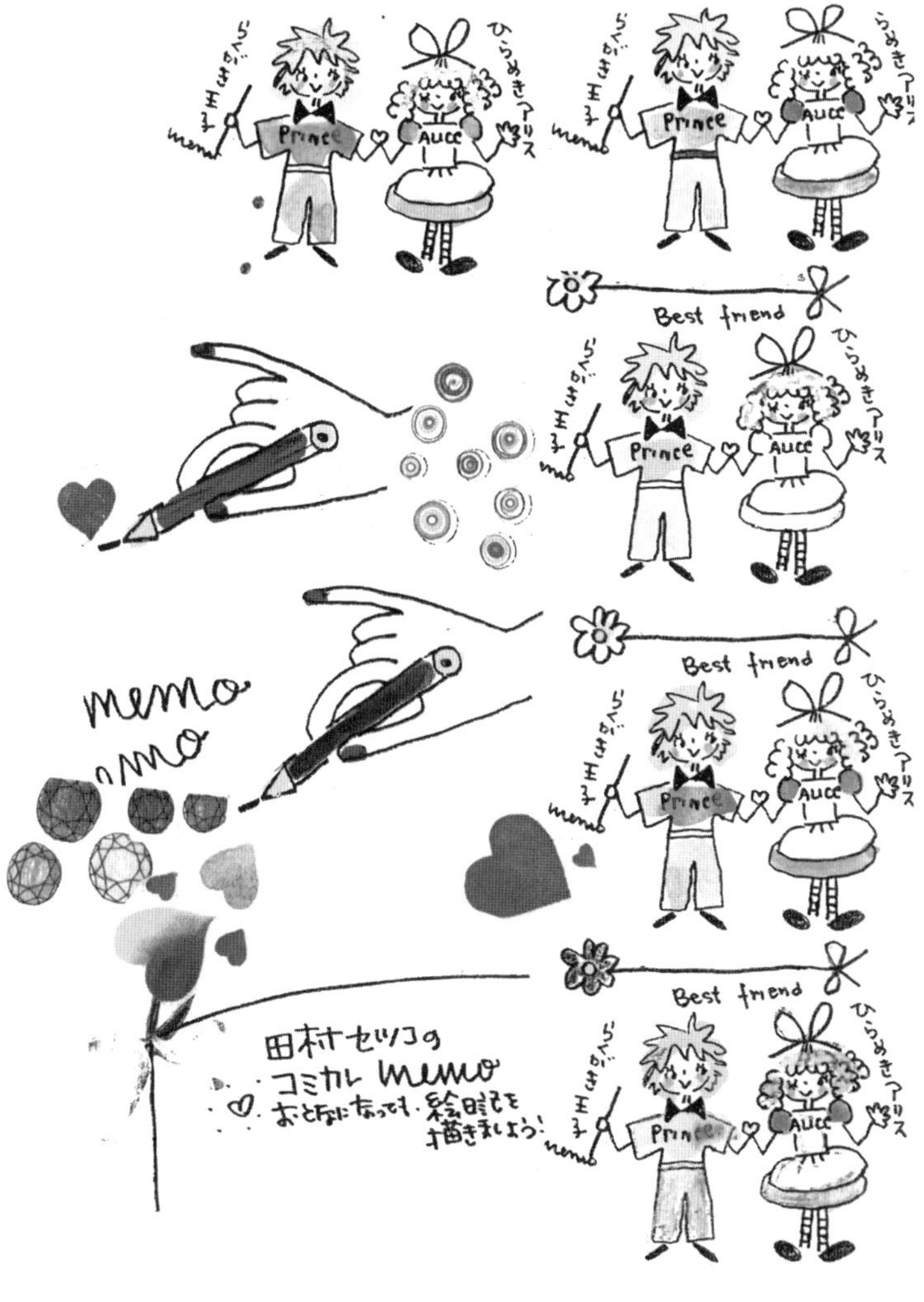
らくがき王子
ひらめきアリス
Prince
Best friend
memo
田村セツコの
コミカレ memo
♡ おとなになっても、絵日記を
描きましょう!

085

ちゃらんぽらんに生きる

わたしは将来のことなんかあまり考えないで、目の前にあることだけを見るようにしていきます。大きな目標などを持ったこともありません。とても近い距離の未来ばかりを見ながら生きてきたような気がします。

だからわたしには、将来の不安なんて特にありません。だって、将来っていったいいつのこと？　それって、思う通りにやってくるものなの？　予想もできないような「将来」を心配するより、今という時間を大切にしたほうがいいと思います。

毎日同じように暮らしていても、新しいことは次々と起こってくる。いいことも悪いことも。それをいちいち苦にしないで、冒険のつもりで暮らしていけばいいのではないでしょうか。

いろいろなものに縛られたり、気にしすぎたりせず、冒険だと思って気楽に乗り越えていく。多少ちゃらんぽらんでもいいじゃないですか。完璧にしなくても、120パーセント頑張らなくても、「手」と「気」をうまく抜きながら生きていく。

ちゃらんぽらんな自分を許して、毎日の冒険を楽しむこと。とくに年をとれば、そんな生き方が心地よいのでは？

そうわたしは思っています。それをわたしは「おちゃめな生活」と称しているのです。

物事をあまり難しく考えないで、眉間のシワをゆるくして、失敗を笑い飛ばしながら生きていけたら。これがわたし流の「楽しく生きるコツ」なんです。

086 メモに話しかける

子供のころから、日記帳が話し相手で、お友達でした。その日にあったことをなんでも日記帳につけるんです。

日記帳はおうちで留守番をしていて、メモ帳は持ち歩いて。メモ帳だけでなく、単語カードとか、普通の手帳とか、紙切れとか、レシートの裏とか、ああいうのに外で気がついたことをなんでもメモする。もうメモ魔。

そういうメモが好きで、しかもひとり暮らしだから、紙に話しかけるわけです。だからもう朝から晩までメモと話してる。だから結構忙しいの。自分でも笑ってしまいます。

溜まってきたら捨てることもあるけど、スクラップ帳にペタペタ貼ったりします。

少女時代から、おしゃべりの相手がいないとき、わたしは手帳に向かってしゃべっていました。

「もしもわたしがこういうことを頼まれたら」と、頼まれる前に想定して、いろいろと手帳に書いておくんです。「こういうイラストや似顔絵を頼まれたら」とかなんとか。

若いころ、仕事がなかったときは、「もし『あしながおじさん』の絵を頼まれたら、こういうふうに描く」って、勝手に描いていたんです。『赤毛のアン』も、もし頼まれたら「わー嬉しい」ってこういうふうに描くとか、オリジナルな漫画を頼まれたらこういうふうに描こうとか。

そういうときが一番幸せ。実際に頼まれたら、締め切りとかいろんな制約があるから。

そうやって手帳にメモをして、話し相手にするのです。

子供のころからそうだったみたい。

9

孤独上手になるための「ノート」

087

らくがき名人になる

メモしている人を見るのが大好き。

らくがきの癖をつけて、どこにいても、人の話を聞いていても、ちょこちょこと、らくがきができる人。そういうことができる人って、自分をそんなふうにトレーニングしているんですよね。そんな「らくがき名人」ってかっこいいと思います。

ペンと紙、ペンと手帳とか、アナログで、それがまたすごく美しいんです。

コミカレのお教室でも言ってるんです、「らくがき名人になってね」って。

らくがき名人とかメモ魔とか、名人って面白いと思います。

「人に褒められる絵なんか描かなくてOKよ。ただ、自分を驚かせてあげてね」と言っています。

もうクラスメイトは、びっくりするくらいイメージを膨らませて、素敵な絵日記を描いて、毎回、並べた作品を前に大拍手です。

満足する名人になったら「満足名人」。幸せになる名人だったら「幸せ名人」。名人級になったら、自分の身に起きたことはどんなことでも、これは何かのヒントになるとかトピックだと考える。

よく芸人がネタって言いますよね。「これをネタに」とか。「ネタ帳」とか。結構お笑いの人などは、ネタ帳をつけているらしいですね。

だから、そういった感じで思いついたら、メモする癖をつけておくと楽しいですよ。

うちに帰ってからそれを見て、「ふふ、こんなことあった、こんなことひらめいた」って思うのはとっても楽しい。

088

単語帳を道連れにする

単語帳っていうのは、100円くらいでとても安い。

それなのに、そこにいろいろ貴重なメモができて、ちっちゃくて、すごくコンパクトで、人目につかない。書いたメモを、電車の中とかで見ていても、単語を覚えてるのかなーって思われたりするだけ。

もうとにかく、単語帳はわたしのお友達。いつも単語帳を首から下げたり、リュックのポッケに入れて歩けば、すごく心強いのです。

単語張には、気にいった「幸せになる言葉」を書いています。

どこを開けてもハッピーになるような単語帳って、たしかな効き目がありますよね。

わたし、枕元にも下げてあるんです、単語帳を。くさくさしたときにさっと見ると、「そうだ、そういう発想があった！」って、毎回励まされるのです。

「100円で買ったけど、値打ちは100、000円！　ふふ」と、お得意の自画自賛。

note in Book

現実のともだちとは別に、
ひみつの親友…それがノートです。
心ゆくまで、ひみつのおしゃべりを
楽しんで下さいネ

Note in Book
この世にノートと
おしゃべりするくらい
楽しいことは
ありません
SETSUKO
any time
any Where…

Note in Book

ADVENTURERS
ALICE
Note Book

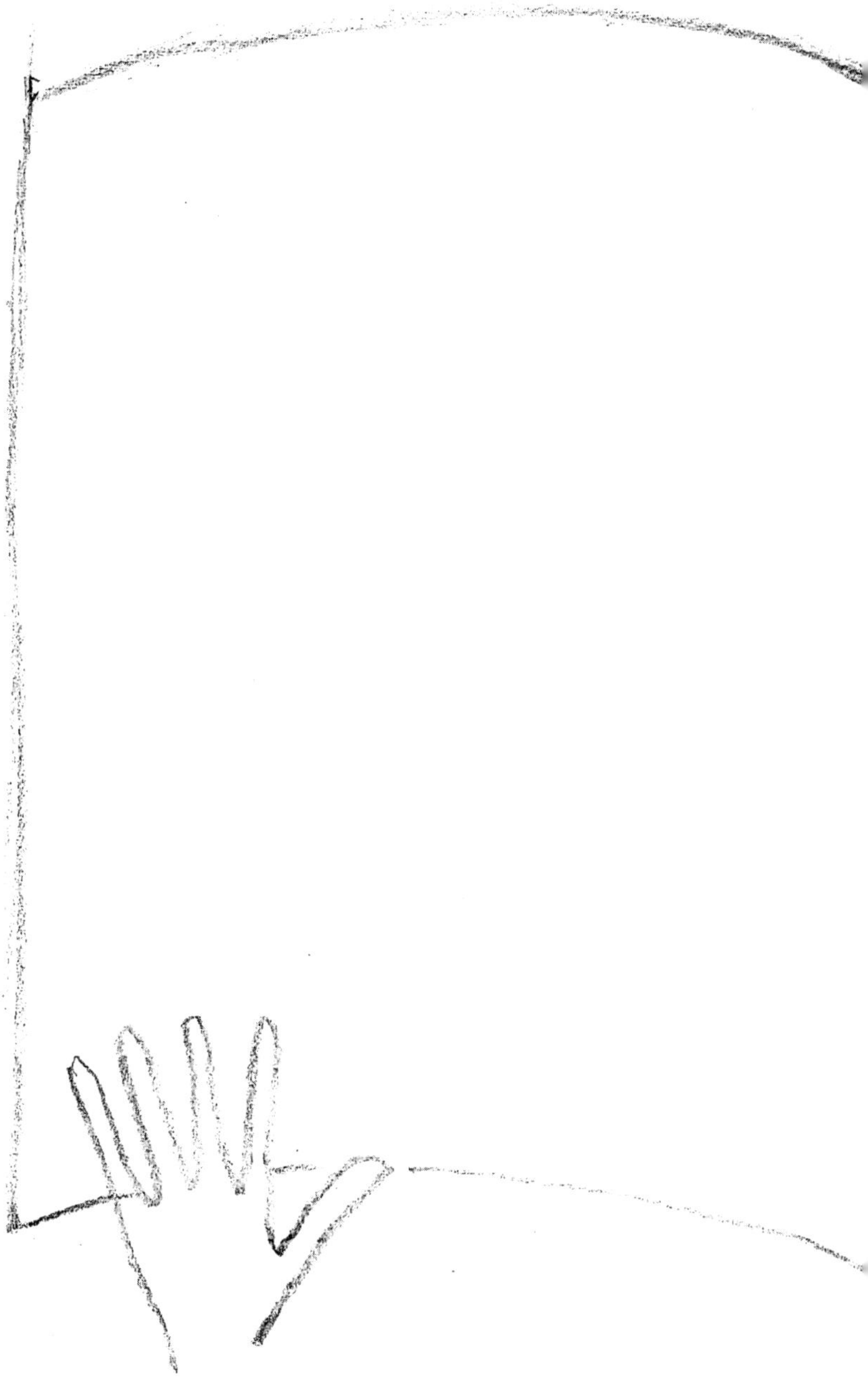

Note in Book

Le Petit Prince
Made in Book

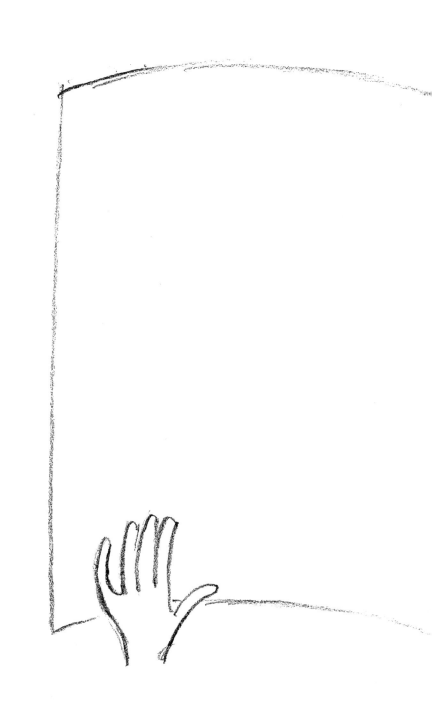

loneliness

10 死ぬまで孤独をたのしむ

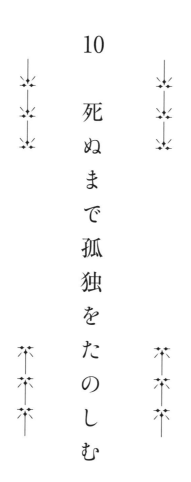

089

死んだら賑やか

孤独は、「嫌だ」と思うと、ぴたりと傍にくっついてきます。
不思議なものなのです。
嫌がるとついてくるから、まあ、それを認める。
孤独っていうのは、「自分を強くして、励ましてくれる栄養」って言うか味方です。
味方だと考えれば、好きになります。
孤独感は生きている証拠。死んだら、もうお墓の中には友達がわんさかいて、
たまにはひとりになりたいわって思うくらいだと思います。

そう考えると、ひとりの時間を
今のうちに、有効にエンジョイし
ないと。
死んだら孤独にあこがれても、
もう手おくれですよ。

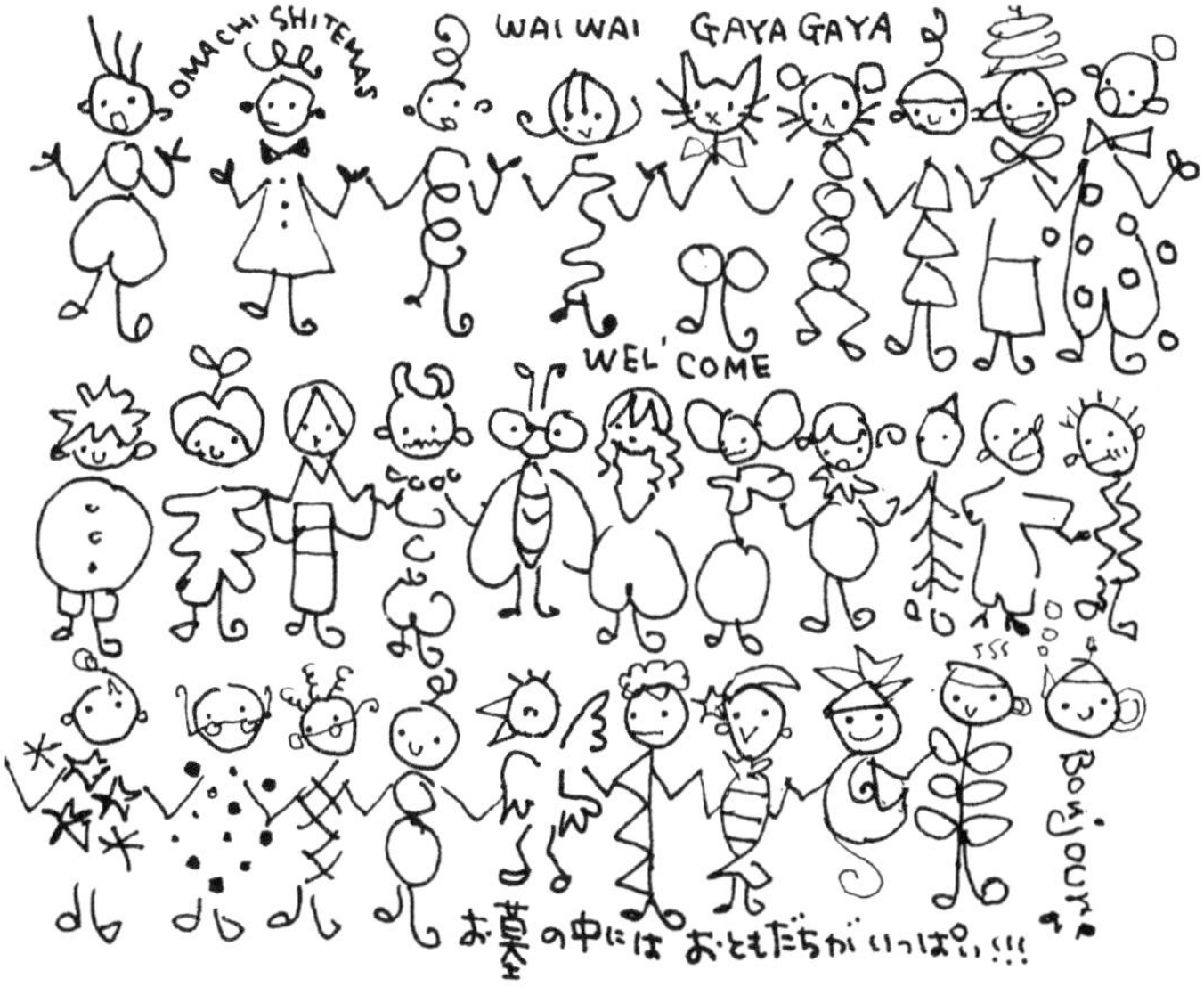

090

おばあさんになる楽しみ

わたし、おばあさんには子供の頃から一目置いていました。

早くならなくてもいいけど、なるのは楽しみって。そもそも、おばあさんっていうのはもとからおばあさんなのではなくて、赤ちゃん、女の子、色っぽい女の人なんかが、同じ人のシワシワの皮の中に詰まっていて、それが過去ではなく現役で存在しているの。

例えば年を取ったらおばあさんらしく、表向きには渋いものを選んだりするけど、ビーズやおリボンが好きなのは結構変わらない。

おちゃめな女の子が、シワの中からウインクしているのです。

おばあさん自身もウッカリ忘れているんだけど、お話しするとわかります。勝ち気な女子学生や甘えん坊の女の子、色っぽい女性などがチラチラ顔を出しますので。

091

誰もが「おばあさん」初体験

いつか人はおばあさんになる。その人は、とにかく、初めておばあさんになるわけです。

おばあさんっていうのは、子供のときから物語や実際の人などで、モデルをいっぱい見てきたけれど、自分では初体験なので、すごく楽しいんですよ。

いつからおばあさんになるっていうのは、その人によって違っていて、子供のときからおばあさんみたいな人もいます。だから、線引きはできないと思います。

100歳でも、乙女みたいな人もいますね。個人差が大きいのです。

10

死ぬまで孤独をたのしむ

092

お名前で呼んで

おばあさんは生まれつきおばあさんなんだと、人はうっかり思ってしまいますね。

ところが、おばあさんの歴史をたどると、赤ちゃんの時代も少女の時代も生きてきて、今たまたまおばあさんになっているわけです。

だから、みんな忘れているけど、おばあさんの中には、冒険が好きなおちゃめな女の子もそのまま現役で入っている。それを知らないで、もともと皺々のおばあさんだと思っちゃうのだけど、いやいや、そんなことはないのです。

おばあさんのハートの中にも、若い気持ちがそのまま保存されているんです。

図書館みたいになっているのね。

おばあさんは、今たまたまそういう時代を生きているわけですが、その中に乙女がいる。だから、それを忘れずに、その部分でお付き合いするっていうのもすごく素晴らしいことです。

みんなね、びっくりしますよ。例えば老人ホームなんかで、生まれつきおばあさんのように思って扱うんだけど、そんなことはない。女学生みたいな部分とかあるから、関係者の人はそこを忘れないでほしい。

だからお名前も、ちゃんとわかんなきゃだめです。「○子さん、お元気?」ときちんと言わないと。

093

「これがいわゆる」で大丈夫

若いころ仕事がもらえなくても失敗しても、「イラストレーターになりたい」という誓いを立てた以上弱音は吐けません。「うまくいったわよ」と家族には、顔で笑って心で泣いてという日々が2～3年続きました。「ブルーの時代」ですね。

そんなときふと心に浮かんだのは、子供のころに読んだ物語です。順風満帆の人生は結構なことかもしれないけれど、アリスもアンもピッピもエミリーも物語のヒロインたちはお話の途中で必ず苦労をするでしょう？　だから、「これがいわゆる苦労ってものね！」ともうひとりの自分が自分を励ます。その感覚をかみしめるように過ごしていたものです。

もし自分ひとりが孤独になってしまったら、ひとりぼっちを乗り越えるにはどうしたらいいのか？

あなたも不安に思っているのかもしれません。

大丈夫、「これがいわゆる孤独ってものね！」ともうひとりの自分が自分を見て励ませばいいんですよ。

094

夢だったとがっかりするのも人生

わたしは猫をかっていたんです。

Pと名付けた黒猫、その愛するPちゃんがね、ある日家出をして帰ってこなくなった。

猫は自由が好きだからしかたがない、OKなんだと自分に言い聞かせて諦めていた矢先に、突然Pちゃんが家に戻ってきた夢を見たんですよ。

それで、「うわーっ、諦めたつもりなのにちゃんと帰ってきたのね、いい子ねー」って抱きしめてあげたんです。Pちゃんは本当にごろごろ鳴いて甘えてくるの。それでわたしも顔をくっつけて、「まあ夢みたい、嬉しいわ」って言ったところで、ちょうど目が覚めたんです。

みんな夢だったの。だからそれはものすごくがっかりしたんですけれど、大人になったらね、そういう夢のようなものが壊れたときに、諦めるんじゃなくて認める。「ああ夢だったのね、でもいっときすごい楽しかった！」っていうふうに、自分の中に取り入れる。そういうことの繰り返しが大切だなと思いました。

がっかりすることも大事。

諦める免疫力を身につけるいいチャンスだと思います。

095 困ったときはジョークで

大人になったら、気の利いた冗談が言えるっていうのは、素敵な才能だと思います。

最近新聞で読んだのは、「カーネギーホールには、どうしたら行けますか」と訊いたら、「それは練習あるのみです!!」って答えたんですって。ミュージシャンか誰かが。そういう、とっさに面白いことが言える、それはアメリカのジョークとして有名なのかもしれないけれど、新聞にちょこっとコラムで出ていました。そういうのを見ると、すごくわくわくしますね。

渋いおじさんでもおばさんでもね、ひとことポロッとジョークを言うとね、もうまわりにぱーっと幸せなビームがとんで、その人の貫録がいきなり本当にレベル高くなりますものね。しかも楽しいときに、お酒飲んだりしているときに、ジョークを言うのは誰でも楽だと思うんですけれど、どうしましょうっていうピンチに陥ったときに、それをポロッと言えるっていうのは、やっぱり経験ですよ。

わたしも人生経験を積んだ証に、ジョークがうまくなりたいと思います。とくに逆境を和らげるジョークを機転を利かせて口にできたら素敵だと思います。

困ったときにポッと言って、その場を明るくすることができる知恵があれば素敵。

そうした頭のいい冗談って普段は無口で繊細な人が、ぼそっと口にすると、なおさら面白いですね。

孤独な時間がそうした感性を磨くものなのでしょうね。

096 人生は想定外の旅

　このところ、家族や、友人や猫も亡くなり、心がうすぐもり。

「ふう」と、ため息をついていると、部屋の本棚の片すみから、かすかに「ふふ」という笑う声が……。見ると、ひとりの少女が、おませな口ぶりで
「ほんとに、まったく、人生って、冒険の連続！」

「？」

「だって、想定外の出来事が、毎日毎日、次から次へと起こるんですもの」

「……」

「突然、穴に落っこちたり、体が見る見るちぢんじゃったり、わけのわからな

い人たちにも出会っちゃうし……」
どうやら、不思議の国からやってきた少女らしいです。

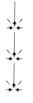

097 ※ 小さな幸せに気づく

ご飯を食べながらときどき思います。わたしは一杯のジュースを簡単に飲み干すことができる。こんなありがたいことはないなって。

妹は病に倒れ、数年にわたって入院生活をしていました。

自分の力で食事をすることができなくなって、チューブで栄養を補給していた。

その妹に、スプーン一杯の水を飲ませることは大変なことでした。

間違えて誤飲したら、肺の中にまで水がいってしまう。

たったスプーン一杯の水さえ、彼女は飲むことができなかった。

それに比べて、自分はなんてありがたいんだろう。

好きな時に水を飲むこともできるし、自分の足で歩くこともできる。やろうと思えば、何だってできる。そんな幸せのなかで生きていることを忘れてはいけないと思う。ひとは驚くほどに幸せなのに、その幸せに気づいていない。足元の幸せに気がつかないで、不幸せの種ばかり拾おうとしているように思えるのです。もったいないです。

たぶんそれは、欲張りだからだと思います。

歳をとるのはあたりまえ。病気になるのも自然なこと。ありのままの自分を受け入れて、欲張りな気持ちを追い出すこと。そうすると、とたん途端に幸せな気分になってきます。

098 ✧ 幸せの真ん中にいても

「ゆうべはお客様だったの？」

「お宅はいつも、賑やかで楽しそうね」

父母と4人の子供たち。6人家族はまさに笑いのたえない明るい幸福なホームドラマのような日々でした。

いつものように、賑やかな夕飯のさなか、ふと見ると、母の目からポロポロと涙が……。

「あ……」「お母さんが泣いている」

一瞬、お箸を置いて、静まる食卓。

「どうしたの？」「お母さん、なぜ泣いているの？」と誰も訊きませんでした。

黙って食事を続けました。


それから何年も経って、子供たちは全員独立。父と母は2人暮らし。

ある夕方、外出から帰った母は玄関に入ったとたん、突然涙が溢れ号泣したそうです。父が、黙ってハンドバッグを受け取り、手を取ってくれたとのこと。

「なぜ泣いたのかわからない」とあとで母は言っていました。

「お父さん、何も訊かなかったの？」

いつも一家の中心にいた活発な母。笑いの中心にいた母。大奮闘の正直ながんばり屋さん。

「どうして泣いているの？」と、誰も訊けませんでした。

099

真珠はなぜ美しいの？

真珠っていうのは、綺麗な水の中で育つわけではありません。わけのわからない、いろいろな要素が混じっている海水の中にいて、それらの影響を受けながら美しく育っていくらしいです。

だから、なんでも「シュッシュ、シュッシュ」して、綺麗な無菌状態の中で暮らしていたら、磨かれることはありませんよ、ということでしょうか。

この話、聖書か何かの中にあるそうです。そういえば、「世間の荒波にもまれる」という言葉もありますが、なんかつらそうな反面、気持ちいい。心がマッサージされる感じです。

10

死ぬまで孤独をたのしむ

100

「セラヴィ！」それが何か？

「セラヴィ」っていうフランス語をご存知ですか？

「それが人生さ」っていう意味らしいの。何か困ったことがあっても、「それが人生だよ。どうかした？」っていうことみたい。

何があっても慌てないで、「まあそれが人生ねー」って。ちょっと肩から力を抜いて、こだわらないような、呑気でとぼけた感じ。

映画なんかを観ていると、ひどい目にあったときに、肩をすくめて「セラヴィ」って言ってますね。

10

死ぬまで孤独をたのしむ

あとがき

「孤独をたのしむ本」というタイトル☆。☆
はたして内容があってましたでしょうか？
なんか、もの足りないなぁ〜と、感じた方は
ぜひ、ご自分のアイディアをどんどんプラスして下さいね。
そのためにnote in Bookのページをご用意いたしました
孤独はおクスリ。あなたを強くするための。
おクスリ&ギフトとして受けとめて下さいね。

孤独なしで ふゆふゆ たのしむことは無理。
孤独あっての、ふゆふゆです。
いろいろ
質問して下さり、私のおしゃべりを本にして下さいました
編集部の本田道生さま、稲垣園子さま
ありがとうございました!! また、
この本に、おしゃれなデザインをほどこして下さった
鈴木成一さま、大口典子さまありがとうございました!!

田村セツコ
SETSUKO♡

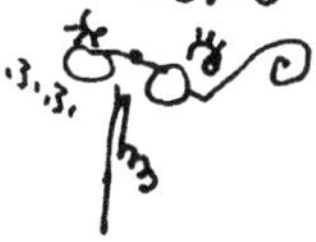

孤独をたのしむ本　100のわたしの方法

二〇一八年五月二〇日　初版第一刷発行

著者　田村セツコ
発行者　笹田大治
発行所　株式会社興陽館
郵便番号一一三-〇〇二四　東京都文京区西片一-一七-八　KSビル
電話〇三-五八四〇-七八二〇　FAX〇三-五八四〇-七九五四
URL http://www.koyokan.co.jp
ブックデザイン　鈴木成一デザイン室
編集協力　新名哲明
編集補助　稲垣園子+斎藤知加+島袋多香子
編集人　本田道生
印刷　KOYOKAN,INC.
製本　ナショナル製本協同組合

© Setsuko Tamura 2018 Printed in Japan ISBN978-4-87723-226-9 C0095
乱丁・落丁のものはお取替えいたします。
定価はカバーに表示しています。
無断複写・複製・転載を禁じます。

田　村　セ　ツ　コ　の　本

『おしゃれなおばあさんになる本』

田村セツコ

おばあさんになって
人生はますます輝きだす！

年齢を重ねながら人はどれだけ
美しくおしゃれに暮らせるのか？
ますますかわいくおしゃれな
田村セツコさんが書き下ろした
「おしゃれ」や「生き方の創意工夫」の知恵！
イラストも満載の一冊です。

四六版並製224頁／定価本体1388円+税
ISBN978-4-87723-207-8 C0095